九天楼の買われた花嫁

Yuyu Aoi
葵居ゆゆ

CHARADE BUNKO

Illustration

日野ガラス

CONTENTS

見たこともないような薄く透ける服は、丈が短くて、股間《こかん》を隠すぎりぎりの長さしかなかった。普通こういう短衣なら下衣を穿《は》くのに、それもない。剝《む》き出しの脚が心細くて、月羽《つきは》はぎゅっと膝《ひざ》を閉じあわせた。自分でも、緊張で顔がこわばっているのがわかる。

（身体《からだ》を売るって、……こういう仕事なんだ）

月羽を買い入れてくれた館の主人に説明されるまで、月羽は「身体を売る」というのを、工場で働くような仕事だと思っていた。身体を使ったきつい労働なのだろうと思って、だから仲買人に「覚悟はできているだろうな」と訊《き》かれたときも頷《うなず》いた。「きつくても平気です」と元気よく言って、妙ににやにやされたことを思い出すと、今さらのように恥ずかしくなった。

でも、誇らしかったし、嬉《うれ》しかったのだ。生まれてからずっと「役立たず」と呼ばれてきた月羽にとって、父や母から頑張ってこいと言われるのも、おまえのおかげで姉さんの薬が買えるよと言われるのも初めてだった。役に立てるのが嬉しくて、どんな仕事でもするつもりで買われてきた。

（怖くないって、旦那《だんな》様は言ってたもの。きっと、平気だ）

広くない部屋で一人きり、月羽は初めて自分を買ってくれた客を待っていた。いかにもいやらしい薄い短い服は、前を紐《ひも》ひとつで結ぶだけのつくりで、その紐を結んでいてさえ、胸に埋め込まれた紫水晶は露出してしまっている。身体を売る商売をしている証《あかし》の飾り石はきらきらしていて綺麗《きれい》だけれど、皮膚に埋め込まれたのはつい一昨日《おととい》のことで、まだひりつく痛みがあった。

お客様が見えたら微笑《ほほえ》んで行儀よく挨拶《あいさつ》するように、と言われている。月羽を買い取った館《やかた》の主人には「初物がお好きなお客だから、多少は泣いても喜んでくださるが、暴れたり逆らったりするんじゃないぞ」と何度も言われたけれど――できるだろうか。

「おまえみたいな忌《い》み種《しゅ》がお好きな、心の広い方だからな。機嫌を損ねたらおまえなど、ほかの娼館《しょうかん》でも働けなくなる。旦那のご希望は全部聞いて、なんでも喜んで言われたとおりにするんだ。買っていただけるだけでもありがたいんだから」

主人は今朝《けさ》から何度もそう繰り返していた。忌み種を買ってやったんだからな、言われると、月羽はお礼を言うしかなかった。

国一番の歓楽街といわれるここ九天楼《きゅうてんろう》でも、「忌み種」といわれる見た目の違う男娼や娼婦は数が少ない。でも、「忌み種」は普通の街では見かけることはまずないから、月羽はここに来て初めて自分以外の「忌み種」を見かけた。明るい赤毛に青い目のおとなしそうな少女で、綺麗だなと月羽は思ったけれど――この国では、こげ茶色以外の髪の色や目の色は、生まれるはずがないから嫌われている。悪魔との淫行《いんこう》の証だとか、災いの元凶だとかいわれてしまうから、慰みものになるくらいしか仕事はないのだと、これも主人に教えてもらった。

「愛想よく、微笑んで、ご挨拶」

繰り返し言われて覚えてしまった主人の言葉を思い出し、自分に言い聞かせるように呟《つぶや》くと、引き戸が開いた。入ってきたのは口ひげを蓄えた商人風の男で、月羽を見ると嬉しそうに笑った。

「なかなか器量好しじゃないか。まだ子供で身体も小さいね。悪くないよ」

「……ありがとうございます」

舐《な》め回すような視線に鳥肌が立った。でも、けぶるような淡い金色の髪や目のせいで、器量がいいだなんて褒められたことはなかったから、きっといい人なのだ、と月羽は思い、ぎこちなく微笑んで頭を下げる。

「本日は、買っていただきありがとうございます。お客様のお相手は初めてですので、どうぞお手ほどきください。お手数をおかけするかわり、どんなことでもいたします」

「口上をもう覚えているんだな。偉いぞ。なに、仕事はすぐに慣れる。いい子にしていれば気持ちよくしてもらえる楽な仕事だからね」

商人風の男は、そう言うと月羽の服の紐を引いた。はらりとほどけ、股間まで露《あら》わにされ、——月羽は慌てて手でそこを隠した。男が眉《まゆ》をひそめる。

「恥ずかしがるのは仕方がないが、隠してはいけない。恥ずかしくても我慢して見せるものだ。おまえは商品なんだからね。商品は隅々まで、買った相手によく見せなければ駄目だろう。手をどけて、自分で膝を持って、脚を大きくひらけ。後ろの孔《あな》もよく見えるように、背中を床につけて、突き出すんだ」

「……っ」

灯《あか》りは煌々《こうこう》とともっている。脚が剝き出しなだけでも恥ずかしいのに、家族にも見せない場所を初対面の男に晒《さら》すのはいやだった。けれど、月羽がこれからする仕事は、そういう仕事だった。

役立たずのままでいるよりは、淫《みだ》らな仕事でもできたほうがいい。月羽がここで働けば、家族にお金を送ることだってできるのだから。

おずおずと脚をかかえ、月羽は言われたとおりにひらいて、背中を床に敷かれた敷布につけて尻を持ち上げるようにした。羞恥《しゅうち》と緊張で身体が震えるのを、男が満足そうに眺める。

「性器は小さいし毛もまだだな。孔の色も綺麗だ。ここに俺のをずっぽり咥《くわ》えるんだよ」

「あっ……」

無遠慮に節くれだった指が後孔に触れてきて、月羽はびくりと竦《すく》んだ。男は確かめるように孔を何度も撫《な》でたあと、唇を舐めながら茶色の瓶の蓋《ふた》を開け、月羽の股間にたっぷりと垂らした。

「……う」

「普通は男娼が自分でここを濡《ぬ》らして準備をするものだが、おまえは初めてだからね。特別に俺がやってやろう。嬉しいだろう？　こうやって……」

「ひ、あぁっ……」

ぬるぬるする冷たい液体が孔に擦《す》りつけられたかと思うと、ずぶりと指が入ってきて、月羽は身体を竦ませた。容姿を褒められた淡い嬉しさは霧散して、かわりに恐怖と悲しみと、どうしようもない嫌悪感が湧《わ》いてくる。

（いや……いやだ、気持ち悪いっ……）

お尻の孔に、月羽にもついている男の象徴を受け入れるのだと、説明はされていた。最初は痛いが、慣れればとても気持ちよくなるのだと、戸越しにほかの男娼が抱かれる声も聞かされた。甘えたように伸びる高い声は聞くと恥ずかしくなったけれど、あの声を出していた男娼も、最初はこんなふうに気持ち悪く、苦痛だったのだろうか。

「いっ……あ、痛いっ……」

「いい締まりだ。でも痛がるのはほどほどにしないと興ざめだぞ。こんなにたっぷり精油を使ってやってるんだからな。もっと可愛《かわい》らしく、いやらしく喘《あえ》いでごらん？」

「ッ、う、ひ……ぃっ」

喘げ、と言われてもできなかった。みっともなく呻《うめ》く月羽に男は「仕方がないなあ」と言い、指を乱暴に動かした。ずっ、ずっ、と指を出し入れしながら、何度も唇を舐める。妙にねばついた目が月羽の股間をじっと凝視していた。

「中のうねりは悪くない……これだから初物はやめられないんだ。さあ次は二本入れるよ。すっかり縮こまっているこれも、すぐに硬ぁくなるぞ。射精はしたことあるかい？　とっても気持ちがいいから、おまえも気に入る」

「あぅっ……あ、ひ……っ」

片手で小さくなった性器をつままれ、もう片手で内側を激しくこすられ、異物感と圧迫感に吐き気がした。どうだ気持ちいいだろう、と言われてもただ苦痛なだけで、月羽は必死に首を横に振った。

「おや、まだかい？　仕方ないな……初めてだからなぁ」

「ひぃ、い、あっ……あ……ッ」

ずぶ、とまた指が増えた。ぴりりと裂けるような痛みが走り、さあっと血の気が引く。いや、と訴えようとした声は言葉にならず、月羽はただ息を零《こぼ》して身悶《みもだ》えた。ぐちゅぐちゅとかき回される音だけが響き、ほどなく男は指を引き抜くと、かわりに怒張した己を取り出した。

黒々と見たことのないかたちに育った雄《おす》に、月羽は息をつめた。ぞっと悪寒が走って、言いつけも忘れて逃げようとうつぶせになると、男は舌打ちをして腰を摑《つか》んだ。

「せっかく優しくしてやっているんだ、おとなしくしなさい。今、太いのを入れて気持ちよくしてやるからな」

「やっ……いや、やめて……っ」

「買われた身だろうが。おとなしく抱かれなきゃ誰にも買われずに娼館を追い出されるだけだぞ。腹が減って死にたくはないだろう？」

摑んだ尻をぐいと引っぱり上げて、性器をあてがいながら男が叱《しか》るように言った。「それともおまえに金が払えるのか？　おまえのような忌み種は安いだろうが、どうせおまえの親はもうその金も使っちまってるぞ」

「——、っ……」

親、と言われたら手足から力が抜けた。仲買の男から父が受け取っていた小さな袋を思い出す。役に立ってこい、と言いながら父が確かめていたあの袋は、小さいけれど、父が働いてもらってくる賃金袋の倍はあった。

（……役に、立たなくちゃ。忌み種なのに、育ててもらったんだもの）

「そう、おとなしくしてればいいんだ。一回入れられりゃ、すぐ癖になる。ここに男を嵌《は》めたくて、買われたくてたまらなくなるからな」

抵抗をやめた月羽に、男は満足したようだった。尻の丸みが撫でられて、続けてぐっと摑まれる。孔を広げるように尻が左右に引っ張られ、ぬるぬると性器がこすりつけられ——抉《えぐ》るように、入ってきた。

「……ぃ、あ、あぁっ……！」

指とは違う重みのある異物が月羽をかきわけて進んでくる。異物を拒もうと無意識に収縮する襞《ひだ》が抉《こ》じ開けられ、痛みで激しい目眩《めまい》がした。

（痛いっ……いやだ……いや、だけど、でも……）

こうやってずぶずぶ犯されるのが、月羽の仕事になったのだ。生まれて初めての仕事。白金色の髪と目のせいで、兄弟と違って街の店を手伝うこともできなかった月羽が、初めて家族の役に立てる仕事だ。

男が尻を揺すっている。熱くて痛くて気持ち悪い。少しも気持ちよくなくて、一刻も早く終わってほしいと思うけれど、従順にしなければならない。いやです、と訴えたくなるのを唇を嚙《か》んで堪《こら》え、月羽は敷布に爪を立てた。途端、ぴしゃり、と尻が叩《たた》かれる。

「ほら、もっと緩めろ。いくらなんでもきつい。もっと奥まで受け入れなきゃ仕事にならないぞ」

「……は、……い、……ッ」

返事はできても、緩め方なんてわからない。気づけば身体はがくがくと震えていて、男はまたぴしゃりと尻を叩いて強引に月羽の腰を引き上げた。

「ひぁっ……あ、ぅ、……っ」

「そう、そうだ、こうやって咥え込むんだ。突いてやるから喘ぎなさい。大きいので突いてもらえて嬉しいですと言うんだ」

「……、お、きいので、突いてもら……て、う、れし、……です……」

「娼館でも、おまえみたいなのを買う客は多くないんだからな。心から感謝して、ありがたくご奉仕するんだ。いいね？」

「はい……ご、ほうし、しま、す……っ」

「今日は仕方ないが、もっと愛想よくするんだぞ。男を喜ばせるしか能がないんだから」

叱りつけるように言いながら、男は勢いよく腰を打ちつけた。ずん、ずん、と衝撃が走り、そのたびに鈍い痛みが全身を貫いて、月羽は目を閉じた。泣くまい、と思うのに、どうしてか悲しかった。苦痛には慣れているはずなのに。家を出てくるときは、ちょっとだけ誇らしかったはずなのに。役立たずの穀潰《ごくつぶ》しと罵《ののし》られ、ごく稀《まれ》に外に出れば逃げるように避けられて、家族までが後ろ指をさされるような生活が終わり、少しは自分も役に立てるのだと思ったのに。

「ここが悦《よろこ》んで雄を飲み込むようになるように、今日は特別、中に出してやるからな。出したら次は、口での奉仕の仕方を教えてやる。上手にしゃぶれたら、ご褒美にもう一回、ここを使ってやるぞ」

荒い息をつきながら、男は休みなく穿《うが》ってくる。前後に揺さぶられながら、月羽はぼんやりと姉の顔を思い出した。家に戻って以来臥《ふ》せったきりだった姉は、月羽が買われて別れる間際、硬い表情で「頑張って」と言ってくれた。彼女は知っていただろうか。月羽の仕事が這《は》いつくばって犯されることだと。

きっと二度と会えないだろうな、と月羽は思い、仕方ないよねと諦《あきら》める。だってこれしか役に立てる方法がないなら——仕方ない。

月羽は、男が呻いて体内に精液が放出されるまで、じっと息をつめて耐えた。

＊　＊　＊

歓楽街・九天楼《きゆうてんろう》の朝は遅い。夜が主な仕事の時間だということもあるが、海に突き出した岬《みさき》のような山にできた街は、後ろに谷があり、その奥はさらに高い山になっているから、朝遅くまで霧が出ていることが多いのだ。

ひと気なく静まった、霧に包まれた朝の街が、月羽は好きだった。この時間だけは誰にも叱られず、可愛らしい鳥のさえずりに耳を傾けたり、遠く湾曲して続く海岸線の向こうの、生まれた町のあるほうを眺めることもできる。

毎朝餌《えさ》をあげるせいですっかりなついた小鳥たちに、厨房《ちゆうぼう》から持ってきた穀物の屑《くず》を撒《ま》いてやり、月羽はそっと街を見下ろした。月羽がいる男娼専門の『喜紅閣《きこうかく》』は、街の中腹より少し上にある。乳白色の霧に覆われた九天楼は、夜の淫靡《いんび》な色鮮やかさがなりをひそめ、かわりに物憂い静かさで満ちていた。とうに夜は明け、空は明るくなっているはずの時間だが、垂れ込めた灰色の雲は薄くなる気配がなく、一日天気はよくなさそうだった。

「空が見えたらよかったのに」

残念に思って月羽は独りごちた。空を見られるのはきっと今日が最後だ。実感はまだ全然湧かないけれど――たぶん今日の夜には、月羽の人生は終わる。悪魔の生贄《いけにえ》として捧《ささ》げられることが決まったから、きっと明日の今ごろには生きていられないだろう。

恵まれているとは言いがたい人生だけれど、終わると思えば少し残念だ。でもそれが役に立つ方法なのだと言われたら、月羽は逆らえない。

(お金は家族に送ってくれるって、旦那様は言ってたもの。普通に働いたんじゃ、何年かかっても稼げないし)

自らに言い聞かせるようにそう考えて、月羽は掃除に取りかかった。

月羽が娼館に身売りして七年が経《た》つ。男娼の中ではすでに若くはなく、客を取るには若さ以外の魅力が必要な歳《とし》になったが、もともと売れない男娼だった月羽には、いよいよ客がつかなくなってきた。見た目は髪や目の色も含めて悪くはないと言われるのだが、とにかく反応が悪いらしく、たまに買ってくれる客は痛めつけるのが好きな類《たぐ》いの、あまりたちのよくない男ばかりになった。二日前に久しぶりについた客にたっぷり鞭《むち》打たれた背中がまだ痛い。

客がつかない分ほかの仕事で奉公しなければいけないから、掃除や洗濯、後片づけが今の月羽の主な仕事だ。下働きの男と変わらない量をこなすのに、「おまえは元手がかかっているから」と主人に言われ、賃金はおろか食事ももらえないことがしょっちゅうだった。客が多く、売上の多い日なら主人の機嫌もよくなって、下がり物を食べてもいいと言われることもあるが、客足のにぶい日はたいていなにももらえない。

普通の街でも歓楽街でも、働けない者に食べる権利はないのだと、月羽は思う。役立たずは疎まれるだけで、だから月羽は自分でできることなら、なんでもやった。役に立ちたかったし、少しでもいいから必要とされていたかった。

箒《ほうき》で丁寧に表玄関から裏口まで掃き清めているあいだに、街は少しずつ動き出す。隣の娼館の下働きの少年が外の掃除をはじめる前に、月羽は掃除を終えて館に戻った。掃除のあとは洗濯が待っている。泊まらずに帰った客の使った部屋から汚れた衣類や敷布を集め、石鹸《せっけん》を使って冷たい水で洗う。洗い終えて干したあとは朝帰りの客のいた部屋から同じように汚れ物を集めて洗い、ようやくすべて洗い終えるころにはもう昼だ。売れっ子の男娼の部屋まで食事を運び、午後は客間を綺麗に整えて使えるようにして、そのあとは忙しくなる厨房の手伝いだ。あいまには買い物を言いつけられることもあり、休む暇はない。

でも、これも今日で最後だと思うと感慨深かった。夕方になれば月羽は生贄としての身支度することになっている。

痛む背中をかばいつつ、大量に洗濯物を抱えて廊下を通っていると、でっぷり太った主人にでくわして、月羽は脇にどこうとしてよろめいた。ばさばさといくつか服が落ち、盛大に舌打ちされて、月羽は急いで跪《ひざまず》いてそれを拾った。

「おまえはいつまで経っても仕事が遅いな！　さっさとすませて湯を使いなさい。今日がどんな日か、忘れたわけじゃないだろう？」

「すみません……覚えてます」

「この前の客も満足させないで帰したんだから、せいぜい役に立ってもらわなくちゃな」

主人は虫の居所が悪いらしかった。どん、と足で肩を蹴《け》られ、月羽は俯《うつむ》いて耐えた。暴力にはなんの反応もしないのが早くすませる一番の方法だと、月羽はよく知っていた。

主人はもう一度月羽を蹴飛ばして、「早く行け」と怒鳴った。月羽は急いで洗濯物を抱えなおして立ち上がる。叱られないよう小走りに作業用の部屋まで運び、手早く片づける。

あとは厨房で夜の客向けの食事を作る手伝いだ。厨房に顔を出すと、たむろしていた下働きの男たちが月羽を見て複雑な顔になった。

「あの、お手伝いしようと思って……まだですか？」

いつもなら食事の支度で慌ただしい時間なのに、厨房は静かで、男たちはみな椅子《いす》に座っていた。一人が首を横に振る。

「団体で入っていた客が急に予約を取り消したんでな。ご主人はえらいご立腹だ」

「そうだったんですね。山篠《やましの》様……今まで急に取り消しなんてなかったのに」

「昨日も客が少なかったし、明日も明後日《あさって》も予約がなしになった。今日なんか、ちっとも霧が晴れないから飛び込みの客も期待できない。支度するだけ無駄ってもんさ」

「どうせ全部悪魔のせいなんだ。上の教会の門が開いてるってわかったの、もう一週間も前じゃないか。さっさと生贄を差し出せばよかったのに」

男の一人が苛々《いらいら》したように吐き捨てて、月羽を睨《にら》んだ。

「今夜なんだろ。せいぜい綺麗に支度してこいよ」

「まあまあ、お茶くらい飲ませてやろうぜ。最後なんだから」

横から、料理担当の男がお茶を差し出してきて、月羽は迷ってから受け取った。

「ありがとうございます」

「誰かが生贄にならなきゃいけないからなぁ……」

憐《あわ》れむような目で見られて、月羽は黙ってお茶に口をつけた。

山肌に這うように造られた九天楼は、その山のてっぺんに、古い使われていない教会がある。その昔、九天楼が学生街としてでき上がるよりも前から悪魔が棲《す》んでいる、という言い伝えのある教会で、その悪魔が目覚めると、普段は閉ざされている門が開き、街へと出てくるのだという。悪魔は悪いことを引き起こす。疫病《えきびょう》も戦《いくさ》も、大雨も日照りも、災いはなんでも悪魔のせいだといわれていた。

少し前から九天楼は急に客が少なくなり、不審に思った街の偉い人の指図で偵察に行った男が、門が開いていると青い顔で駆け戻ってきたのが一週間前だった。

悪魔を鎮めるには生贄しかない、といわれ、おまえが生贄になりなさいと旦那様に命じられたのが四日前のことだ。男娼としてはもう役立たずだから、最後に生贄になってくれれば、月羽を買った金額の倍のお金が、九天楼を統括する組合から月羽の家族に支払われると言われて、月羽は「わかりました」と答えた。

役に立てるならば、そのほうがいいと思ったからだ。

「いやだって泣き喚《わめ》かれるよりはましだが、そう落ち着いていられるのもいやなもんだな。おまえ、まさか生贄の意味がわからないわけじゃないだろうな?」

「おい、よせよ。今さらいやがられたらどうするんだ」

お茶を飲む月羽を眺めていた男の一人が気味悪そうに言い、横の男が肘《ひじ》でつついた。月羽は首をかしげた。

「いやがったりしません。僕を買ってくれるお客様もあんまりいないし……せっかく買っていただいても、ほかの子みたいにお客様を喜ばせたり、気持ちよくなったりできないので。悪魔の生贄になってお役に立てるなら、そのほうがいいって自分で思ったからお受けしたんです。生贄になったらどんな目にあうか、誰もご存じなかったけど、生きていられないのは、ちゃんとわかってます」

「——」

にこ、と微笑んだ月羽に、男たちはきまり悪げに顔を見合わせた。月羽は熱いお茶を一口飲み込んだ。

「僕が、悪魔に気に入ってもらえるといいんですけど」

全然人気のない男娼なんか、悪魔も気に入らないのではと最初は思ったが、もし普段言われるように月羽に悪魔の血が混じっているなら、気に入ってもらえるかもしれないと思いなおした。どうせ生贄になるのだから、せめて気に入ってもらえて、役目をまっとうしたいと月羽は思う。

なんともいえない顔つきで月羽を見た男たちは、そろってため息をついた。

「……忌み種の考えることはよくわかんねえな」

「でもこれで悪魔がいなくなってくれれば、また客も戻ってくるよな」

「だといいがな」

気を取りなおすように言った一人に、別の一人が素っ気なく応《こた》える。「北のほうじゃ、もうほとんど戦争状態だっていうじゃないか」

「飢饉《ききん》が続いたからな。内戦になってもおかしくない」

「北の内戦なんかどうでもいいよ。金を払ってくれる都のお大尽《だいじん》方さえ、今までどおり九天楼に来てくれりゃいいんだ。さっさと悪魔には眠ってもらわなきゃ」

そう言った男はもう一度月羽を一瞥《いちべつ》し、吐き捨てるように言った。

「せいぜい気に入ってもらってくれよ。もしかしたらおまえの父親かもしれないしな」

皮肉っぽい声にほかの男たちは笑ったが、月羽は笑わなかった。月羽だって、悪魔が怖くないわけじゃない。この国の子供たちはみんな、小さいうちから「悪いことすると悪魔が来るよ」と脅かされて育つのだ。真っ黒で牙《きば》や角があって、人に似た姿だが猛獣のように恐ろしく、家畜や人間をさらったり、生き血をすすったり屍体《したい》を漁《あさ》ったりする、夜の世界の生き物。

その生贄になるということは、やっぱり食べられるのかな、と月羽は思う。鞭で打たれるよりきっと痛いだろう。痛いのは慣れてはいても好きじゃないから、怖い。怖いし、死ぬのは少し寂しいけれど、月羽の心の大半を占めているのは諦めだった。

仕方ない、と思うのだ。疎まれて育った役立たずだから、男娼になるのも仕方がないことだし、人気がないから生贄にされるのも仕方がない。

（それしか、役に立てないなら仕方ないよね）

内心で自分に言い聞かせ、「お茶ありがとうございました」と席を立ち、月羽は厨房を出た。旦那様に叱られないよう、急いでお湯を使って支度しなければと、正面玄関を通る廊下を小走りに急ぐと、玄関には案内役の男と主人がそろっていて、月羽を見ると主人が眉を吊《つ》り上げた。

「また支度ができてないのか！　さっさとしろ！　今日は霧が深くてもう暗いんだ、すぐにでも出かけてもらわなきゃ困る！」

「すみません……っ」

あわてて謝ったとき、玄関の外に提げた水色の提灯《ちょうちん》が、風にあおられたようにふわりと浮いた。

すう、と冷たい霧が開け放した戸から流れ込んできて、案内役の男が怯《おび》えたように振り返るのと同時に、黒い人影が入ってきた。ひっ、と主人までが息を呑《の》み、月羽も一瞬、夜が塊になって入ってきたような錯覚がした。

けれどまばたきして見なおせば、入ってきたのは異国の男だった。白い肌に黒い髪、黒い瞳《ひとみ》で、すらりと背が高い。切れ長の瞳が印象的な顔は驚くほど整っていて、眉も高い鼻も薄い唇も、どれも物憂げに、冷ややかに見えた。

黒く長い外套《がいとう》の裾《すそ》を翻した男は、その美貌《びぼう》で睨むように主人を見下ろす。

「ここは男娼専門だと聞いた。この娼館で一番売れない男娼を買いたい」

低いが澄んだ声とともにどさりと麻袋が投げ出され、たっぷりつまった中身が床に散らばった。金色に輝く硬貨に、さっと主人が目の色を変える。

「こ、これはこれはいらっしゃいませ。これほどお持ちでしたら、当『喜紅閣』の一番の売れっ子をご用意して、ひと月は遊んでいただけますが」

「いや。身請けしたいのだ。見栄えはどうでもかまわぬから、売れないのを連れてきてくれ」

古めかしく硬い言葉遣いで、冷ややかに黒衣の男は言い、主人は戸惑ったようにちらりと月羽を一瞥した。喜紅閣で一番売れないのは月羽だ。だが、月羽はこれから生贄になる身で、月羽を生贄にすることは九天楼の娼館すべてが属する組合も承知している。一見《いちげん》の客に売ってしまうわけにはいかないはずだった。

数秒迷ったらしき主人は、揉《も》み手《て》しつつ愛想笑いを浮かべて、太って小柄な彼の頭二つ分ほども背の高い男を見上げた。

「身請けとなりますと、売れない男娼でもそれなりにお代をいただきませんと……後悔なさいませんよう、一度味見をなさってからではいかがでしょう」

「不要だ。時間がない。袋の中身はすべて旧金貨だから、相場の三倍はあるはずだ。なんなら、そこの立っているのでいい」

すっと男の視線が月羽に投げられて、月羽は思わず竦んだ。ひどく冷たい目だった。服と同じほど暗い、闇《やみ》を氷に閉じ込めたような瞳に見据えられて、無意識に身体がこわばる。

動けないでいるうちに、男のほうが興味をなくしたように視線を外した。

「すぐに出せないならほかの娼館をあたる」

男が袋を取り戻そうとするように近づいてきて、主人があわてて立ち上がった。

「お、お待ちください！　売ります、もちろんお売りしますよ。よろしければみんなそろえてお見せします。ただその場合お代金のほうは——」

「だから売れない男娼でいいと言っているだろう」

伸ばされた主人の手をうるさそうに払いのけ、男は言った。

「安くて、客に人気のない男娼でいい」

「それは——」

ちらっ、と主人がまた月羽を見た。月羽が売られてきた金額なんて、粗悪な新金貨二十枚にも満たないのだ。生贄に出せば組合に払う共同金は免除されるが、今日月羽を生贄に出すのと、この黒衣の男に売り払うのでは、売ったほうが儲《もう》かる、と主人が考えているのが手に取るようにわかった。

「で、ではこちらでいかがでしょう。ちょうど今日は客を取ることになっていたのですが、ええその、予定が空きまして」

「——それが本当に売れないのか」

鋭い目が月羽を見つめ、月羽はびくりと竦んだ。凍てついたように硬い、厳しい眼差《まなざ》しだった。主人は大きく頷く。

「当館は一番売れないのでもこれくらいの器量でそろえておりまして」

「だ、旦那。でも月羽は……」

傍《そば》で息をひそめていた案内役の男が、慌てたように口を挟んだ。うるさい、と主人が叱り

つける。

「いいんだ。代わりはほかにもいる。共同金を満額払ったってこれで釣りがくる。……いえ、どうぞ、お気になさらず。たいへん惜しいですがお売りします」

後半は黒衣の男に愛想笑いして言った主人は、月羽の腕を摑んで引っぱった。

「ほら、さっさとしなさい。お優しい旦那様に粗相のないようにしろ」

「ではもらっていく」

白く大きな手が、主人に放り出されるようにしてよろけた月羽を抱きとめた。黒い外套に顔を埋《うず》めるかっこうになった月羽は、その冷たさにぞくりと身を震わせる。

（っ……まるで、氷みたい）

外はそれほど寒いのだろうか。霧でわずかに湿っているにしても、外套は冷たすぎ、その下の男の身体はひどく硬い気がした。思わず逃げるように身を離して、月羽は男を見上げた。

感情の窺《うかが》えない、底のない真っ暗な瞳に見返され、いっそう足が竦む。

生まれてから一番、怖い、と思った。この人は——怖い。

男は無言で月羽の手を引いた。いやだ、と思ったが、男の力は強く、ふらつくように引っぱられて館の外に出ると、向かいの店の提灯も見えないほど霧が立ち込めていた。

見たこともない濃い霧と、日没前とは信じられない暗さに鳥肌が立つ。本当に悪魔が目覚めたのかもしれない、と足をとめかけた月羽を、男が振り返った。苛立つように眉がひそめられ、月羽は叱られると思ってびくりとした。

けれど、降ってきたのは予想しない問いだった。

「靴は？」

「……え？」

「裸足《はだし》ではないか。靴を履いてこい」

「……いえ。靴は、ないです」

男娼たちに靴は与えられない。歩いて九天楼から逃げ出すのを防ぐためだ。首を横に振ると、男は月羽の手を離し、かわりに腰に触れてきた。あっと思う間もなく、かるがると抱き上げられ、月羽は一瞬怖さも忘れて、間近になった男の顔を見つめた。

「怖いようなら摑《つか》まっていろ」

無愛想に男は言うと、大股《おおまた》で歩き出す。彼の腕が触れている背中の傷が痛んだが、それを気にする余裕が、月羽にはなかった。身請けしてもらえるのは本当なら嬉しいことなのに、嬉しいという気持ちも湧いてこない。それよりも、不安だった。

彼が進むにつれ、重たく垂れ込めた霧がわずかに揺らぎ、各々《おのおの》の店先の提灯が滲《にじ》んだように現れては、また霧に沈んでいく。どこに行くんだろう、と月羽は思い、男が狭い道や階段を上へ上へと登っていくのに気づいて、ぶるっと震えた。

街は下のほうほど高級な娼館が並んでいて、上に行くほど安く、店もまばらになる。娼館が途切れると下働きの男たちが暮らす寮や倉庫が立ち並び、そこも過ぎてさらに登れば、使われずに廃墟のようになった建物が続き、小さな石碑を過ぎるとごつごつした荒地になった。その先には行ってはいけないと口うるさく言われていたし、娼婦たちも誰も怖がって近づこうとしなかった。荒地の先、街のある山のてっぺんにあるのは、今にも崩れそうな例の教会だけだ。

まさか、と思うと心臓が縮まるような心地《ここち》がした。よどみない足取りで進む男は美しく、とても悪魔には見えないけれど、確実に悪魔の棲む教会へと向かっている。廃墟を抜け、荒地を通り過ぎ、やがて大きな石の門が見えて、月羽は抱えられたまま、予想よりも大きくそそり立つ教会を見上げた。一階の窓が壊れている。塔の先は雲のような霧に包まれて、見ることもできない。

男は立ちどまらず門を抜け、教会の大きな扉の前に着くと、扉は中から自然とひらいたように見えた。ぎくりとして目を凝らすと、声が響く。

「おかえりなさい、レオン様」

「ただいまシルヴァ。なにか着るものを出してくれ」

暗闇から浮かび上がるように現れたのは、黒衣の男よりいくらか若く見える、銀髪の男だった。レオンと呼ばれた黒衣の男は月羽を抱いたまま長い階段を上っていき、一番上まで登ったところでシルヴァが扉を開けると、こぢんまりとした部屋の中には橙色《だいだいいろ》の灯りがついていた。布張りの長椅子や高いテーブルがあり、暖炉には赤々と火が入って、あたたかい。

思いがけずそっと長椅子に下ろされて、月羽はこわごわレオンを見上げた。明るい場所で改めて見ても、レオンは髪も目も闇のように黒い。表情はなく、整った美貌は冷たすぎて近寄りがたかった。シルヴァが月羽の肩に大きな羽織物をかけてくれ、かるくてあたたかいと思っても、緊張はほどけなかった。

「……あなたは、悪魔なんですか？」

ほろっと零れた問いに、レオンは無表情のまま首を横に振った。

「悪魔というのは随分大雑把《ずいぶんおおざっぱ》な名前だが、私はそうではない。この辺りでなんと呼ばれているのかは知らないが、ただ、〈夜歩く者《ナイトウォーカー》〉には違いないな」

「夜歩く者——」

聞いたことのない言葉だった。夜に跋扈《ばっこ》するのは悪魔や恐ろしい獣たちだ。月羽が首をかしげると、レオンは言った。

「我々には呼び名がたくさんある。自分たちではクドルクと呼ぶが、モーラ、ノスフェラトゥ、ヴァンパイアとも呼ばれる。いずれ、ナイトウォーカーの一族だ」

言いなおされてもよくわからなかった。大陸で使われるのは共通語だが、月羽の生まれた東の端の国は、山脈で隔てられているために言葉も文化も少しずつ違うのだ。月羽は読み書きができないからよくわからないが、西の人たちが使う言葉には古い言語の名残《なごり》が多く、文字は月羽たちの地域で使うもののほうが古いのだそうだ。

きっと悪魔の仲間みたいなものなのだろう、と月羽は思った。外見は、噂《うわさ》とは違って驚くほど美しいけれど——思い描いていたよりもずっと恐ろしくないかわりに、冷たく、近寄りがたく、畏《おそ》れ多い。

「やっぱり、僕を食べるんでしょうか」

羽織物の前をかきあわせると、レオンは訝《いぶか》しそうな顔をしたあと、月羽の前に膝をついた。

「怯えているのか？　食べたりはしない」

ぎこちなく手を伸ばされ、そっと髪を撫でられて、月羽はまばたいた。頭を撫でられるなんて初めてで、くすぐったいような不思議な感じだった。

「おまえの名は？」

「月羽といいます」

「月羽か。いい名だ」

かすかに微笑まれ、月羽はびっくりした。名前を褒められるのも初めてだ。目を丸くしていると、レオンはもう一度髪を梳《す》いてくれた。

「確かにおまえの髪は月光のような色だ。よく似合っている。私はレオンという。正しい名前は長すぎるから、レオンと呼んでくれればいい」

「——はい」

レオンの声はひんやりしていたが、恐ろしくはなかった。何度も撫でてくれる手つきにも、月羽を傷つける様子はない。

「月羽。おまえには、花嫁役をしてほしいのだ」

「花嫁……？　でも、僕は男娼です」

「男だから花嫁にしてはいけないという決まりはない。それに、本当に結婚するわけではない。数回は性交せねばならないが、おまえは慣れているだろう？」

「……」

あまり慣れてはいない、とは言えなかった。最近月羽を買う客は痛めつけるばかりで、後《こう》孔《こう》を使われることは少なかったし、その行為も結局慣れることができずじまいだった。

黙っていると、レオンはもう一度、月羽の頭を撫でてくれた。

「形式だけの花嫁だから、そう硬くなることはない。つとめを果たしてくれれば、用がすんだあとは自由だし、そのときは望みをひとつ叶《かな》えてやる。なんでも叶えてやるとは言えぬが、たいていのことは叶えてやれるぞ」

「そんな……望みなんて」

月羽は困ってレオンを見返した。相変わらず彼の瞳は冷たく、夜の底を覗き込んだように暗い。なにを考えているか窺い知れない闇の色に、月羽は身を縮めて小さく呟いた。

「レオン……様の用がすんだら、下働きとして雇っていただけませんか？」

「それは駄目だ。花嫁が下働きになったら都合が悪いだろう。——まあ、考えておけ」

レオンは立ち上がった。「花嫁役は数日で終わるわけではないからな。できれば数年はつとめてもらいたいが、そのあとは……そうだな、家族のもとに帰してやってもいい。おまえが望むなら」

そう言われて、父や母の顔、姉や兄弟の顔が思い浮かんだが、帰っても歓迎されるとは思えなかった。身請けしてくれたレオンのもとを放り出されたら、本当に行く場所がない。男娼としては歳を取りすぎているから、どこかの娼館に入れてもらうことも難しいだろう。

「花嫁になるのはいやか」

月羽の沈黙をいやがっていると取ったのか、レオンが見下ろして訊いた。月羽はいいえ、と首を振る。

「僕でお役に立てるなら、かまいません。どうせ、生贄になる予定だったんですから」

いやがっていないしるしに微笑んで見せると、レオンはふっと黙った。それから、わずかに薄い唇の両端を上げる。冷たく笑ったようにも見える酷薄な顔で、レオンは訊いた。

「死ぬよりはましだと？」

「——そうですね。できるなら、生きていたいです。だから、死なないですむなら嬉しいですし、花嫁役をしなきゃいけないんでしたら、頑張ります」

月羽は不思議と、死にたいと思ったことはない。せっかく育ててもらって生きてきたから、どうせだったら生きていたいなと思う。生贄になろうと決めたのは死にたかったわけではなく、ほかに役に立てる方法が思いつかなかったからだ。

「なるほど。人間はみな、生に執着するのだな」

ごく冷たく言ったレオンは月羽に背を向けた。

「勘違いはされたくないから言っておくが、おまえの器量や人となりで買ったわけではない。後腐れがなくて、娼館でも身の置きどころのないような、他人に望まれていない男がよかっただけだ」

殊更《ことさら》に傷つけるような台詞《せりふ》に、月羽は肩を震わせた。どうやらレオンは機嫌を損ねてしまったようだった。怖いけれど優しい悪魔なのかと思ったけれど——怒らせるとやはり、恐ろしい。

「明日の夜にはここを発《た》って私の国に行く。せいぜい惜しんで過ごすといい」

言い捨てるような口調は厳しく、月羽は悲しくなった。自分が選ばれたのは偶然だとわきまえているが、わざわざお金を払って月羽を買い、食べることもなく、名前まで褒めるような過分な扱いをしてくれる人の機嫌を損ねるのは忍びない。

謝ろう、と思ったが、レオンはすぐに部屋から出ていってしまい、影のように控えていたシルヴァもすべるように出ていくと、扉が音もなく閉められた。静寂の中に取り残されて、月羽は所在なく窓に歩み寄った。

高い塔の上にある部屋の窓からは、下のほうに霧が海のように立ち込めているのが見えた。濃い霧で九天楼は見えないが、上空には月が出ていた。

夜は苦手だ。家にいたころは家族の邪魔にならないよう息をひそめていなければならなかったし、九天楼に来てからは、売れない夜は一人きり、役に立たなさを噛みしめて長い時間を過ごさねばならなかった。

でも、離れたところから見る夜の景色は、奇妙に懐かしくて、綺麗だった。遠くに目を転じれば、海のほうは霧がなく、真っ黒な海の先、湾曲した大きな入江のずっと向こうに、別の街の灯りが見える。昔月羽が住んでいた街のある方角だ。明日にはこの国からも出ていってしまうのだ、と思うと、あたたかい部屋の中にいるのにうっすらと寒い気がした。なにも知らない異国で、なったこともない花嫁として、レオンとともに過ごさなければならないのに、最初から機嫌を損ねてしまうような有様で、これから大丈夫だろうか。

「……でも、僕で、役に立てるなら」

月明かりの下、遠く輝く綺麗な街の光を見つめて、月羽は独りごちた。

もともと、生贄として死んでいたかもしれないのだ。役に立てるなら、なんだってかまわない。あの不快な身体を売る仕事も、傷をつけられる仕事も、感謝されない下働きもやってこられたのだから、なんだってできないことはないはずだった。

翌日になるとシルヴァが、真っ白なシャツと赤いリボン、黒い上着、黒い下衣に靴下と靴まで持ってきてくれ、着替えて待っているとレオンが部屋までやってきた。

無言で手を差し出され、そっと摑まると、レオンは部屋を出て廊下にある扉を開けた。その先は狭い階段になっていて、さらに上へと続いている。階段を上るレオンについていきながら、どうして上に行くんだろう、と月羽は思った。上りつめた先で小さな露台に出ると、あまりの寒さでぶるりと震えてしまい、レオンが抱き寄せてくれる。彼の肩には、優美な銀色の猫が乗っていた。

「少し時間がかかるから、しっかり摑まっていろ」

「え？」

昨日と同じく軽々と抱き上げられ、問い返した途端、ふわっと身体が泳いだ気がした。身体が下にぶれ、いたはずの小さな露台が随分遠い、と思ってから、耳を切るような強い風に月羽は目を見張った。

ごう、と過ぎる強風に、レオンの長い外套がはためいている。上には満月、下はなにも見えないほど深い霧――。

「と、飛んで――」

「黙っていろ。舌を噛むぞ」

ぐっと強く胸に抱き込まれ、月羽は思わず強くしがみついた。いつのまにか、月羽の胸元に猫が潜《もぐ》り込んでいて、月羽と目があうと小さく鳴いたようだった。風の音で声は聞こえないが、猫はあたたかくて、少しほっとする。

こわごわ見回すと、見た目よりもずっとがっしりしたレオンの肩の先に夜空が見える。本当に飛んでいるのだ、と月羽は息を呑み、夜空を断つように上下する黒いものが外套などではなく、蝙蝠《こうもり》のような大きな羽だと気づいて再度びっくりした。

(……すごい。綺麗——)

人には羽なんかない。やっぱりレオンは人間ではないのだ、と思ったが、力強く動く羽は美しかった。すごい速さで雲が後ろに過ぎていく。周りの空気は凍《こご》えそうに冷たいが、ぴったりとレオンにくっついていれば、レオンの身体も少しだけあたたかかった。

空が飛べるなんて、生きているとやっぱりいろんなことがあるんだなあ、とのんきな感想をいだけるようになったころ、レオンがいっそう強く羽ばたくと、ふんわり下へと向かっていくのがわかった。

首を捻《ひね》って下を見ると、出てきた教会に似た、けれどずっと大きくて荘厳な建物と、それをぐるりと囲む広い庭が見えた。生垣に囲われた庭にはたくさんの薔薇《ばら》が咲きほこり、そのあいだを縫うように白く細い道がある。建物の前は広々とした芝生《しばふ》になっていて、大理石でできた噴水も見えた。

芝生から続く真っ白な階段の前に、レオンは静かに降り立った。猫がかろやかに飛び降りて、階段の先にある正面の大きな玄関に向かっていくと、待っていたように扉が開いた。猫はするりと入っていき、代わりに中からは燕尾服《えんびふく》を着た初老の男性が出てきて、レオンに丁寧にお辞儀した。

「皆様、おそろいでございます」

「すぐに行く。月羽、大丈夫か？　目を回したりはしていないな？」

そっと月羽を立たせてくれたレオンが月羽の顔を覗《のぞ》き込み、月羽は小さく頷いた。

「大丈夫です」

目は回ってはいなかったが、緊張はしていた。人が中にそろっているということは、紹介されるのだろう。まさか着いていきなり他人に引きあわされるとは思っていなかったから、どう振る舞えばいいかわからなかった。

「あの……僕」

「月羽は黙っていればいい。話は私がする」

不安を察したようにレオンは言い、月羽の腰に手を回してきた。いざなうように引かれて並んで階段を上がり、重厚な扉を抜けて建物の中に入ると、中は昼と見まごうほど煌々と、たくさんの灯りがともされていた。透明な硝子《ガラス》が火を反射して、きらきらと美しい。床に敷かれた真紅の絨毯《じゅうたん》は靴が埋まりそうなほどふかふかで、その上を歩いて奥へ進むと、緻密な彫刻を施された柱の向こうに、大勢の人が集《つど》っているのが見えた。

百名ほどもいるだろうか。レオンが広間に踏み込むと、人々が自然と道を開ける。男性も女性もいて、髪や目の色こそさまざまだが、皆黒い礼服に身を包み、手には真紅の酒らしき液体の入ったグラスを手にしていた。誰もが作りもののように整った美貌だ。広間の周囲には、真っ黒な服を着た使用人たちが静かに控えている。

大勢の人がいるとは思えないほど静まった広間は、硝子で飾られた灯りと真紅の薔薇で彩られ、絢爛《けんらん》なのに異様な雰囲気を漂わせている。

誰も一言も発さないまま、物珍しげな眼差しをいっせいに向けられ、月羽は萎縮《いしゅく》して俯いた。見慣れない異国の人々だからというだけでなく、居並ぶ全員が、そろえたように冷ややかで近寄りがたい、排他的な気配を発散していたからだった。

レオンは堂々と進み、広間の奥の、そこだけ白薔薇で飾られた大きな寝台の前までたどり着くと、集まった人々を振り返った。

「遅くなったが、私の妻となる人間を紹介しよう。月羽だ」

静かな広間にレオンの低く澄んだ声だけが響く。しばらくのあいだ誰も身じろぐことすらなく、月羽は死者の群れに迷い込んだような錯覚を覚えてごくりと喉《のど》を鳴らした。

（なんだか、怖い——）

たくさんの目がこっちを見ているのに、どの目も空洞のように生気がない。

きっとみんな人ではないんだ、と月羽は思った。悪魔――レオンの言うナイトウォーカー、クドルクを名乗る異質な存在の集団なのだ。

生き物が集まった熱気も、息遣いすら感じられない静寂を破ったのは、若々しい声だった。

「妻にするにはまだ若いし、なにより男じゃないですか。我々クドルクはナイトウォーカーの頂点に立つ種族ですよ？　王ともいうべき種族の中で一番強い、王の中の王となる方の伴《はん》侶《りょ》にはふさわしくない」

居並ぶ人のあいだを縫って前に進み出てきたのは、月羽よりも年上に見えるが、まだ若い青年だった。美貌を誇るクドルクの集団の中でもひときわ目立つ、あでやかな金髪にはっきりした青の瞳の彼は、月羽を一瞥して小馬鹿にするように笑った。

「それに痩《や》せすぎだ。ただの使用人にしたって雇うには貧相です」

「月羽は確かに多少若いが、数年も経てば容姿は落ち着くだろう。それまでは私の婚約者として、人間のまま過ごさせる」

レオンは動じることなく言い返したが、別の年かさの男が咎《とが》めるように声を上げた。

「ぎりぎりの逃げ道ですよ、レオン様。仲間に迎え入れずに婚約者にするなど――まあ、男ですから、〈妻人形〉にするつもりならばわかります。しかし、その場合はきちんと正妻を娶《めと》っていただきませんと」

「月羽は正妻だ。ほかに妻を娶るつもりはない。男が妻でいけないという決まりはなかったはずだが？」

レオンは月羽の肩に手を置き、男の声を遮るようにぴしゃりと言った。言い返された年かさの男は隣の男と顔を見合わせ、眉をひそめた表情で囁《ささや》き交わすと、やがて、渋面のままレオンに向きなおった。

「生まれながらのクドルクを作り育てていくのは我らにとって至上の命題です。それをまだおわかりいただけないか」

「理解はしている。生みたいものは生めばいい。だが私は私の子供を残す気はないのだ」

レオンは平淡に言い放ち、月羽はだからなのか、と納得した。立場上、妻は必要だが子供は万が一にでも作りたくないから、男娼の月羽を買ったのだ。

妻とは言っても、つまりは名ばかりの道具のようなものなのだろう。

なおもひそひそと言葉を交わしていた年かさの男たちは、やがて諦めたように口をひらいた。

「ではせめて、この場で契《ちぎ》っていただきたい。クドルクの王は妻を娶ってこそ真の王です。妻探しという名目で随分待たされたのですから、これ以上猶予はできません」

「いいだろう」

契る、という言葉に月羽はびくりとしてしまったが、それを感じ取ったはずのレオンは顔色ひとつ変えなかった。

「無論、そのつもりで今日は集まってもらっているのだからな」

「——では、さっそく」

年かさの男は不満げに顔をしかめつつ片手を上げた。それを合図に、見守っていた人々は向きを変えて広間を出ていく。残ったのは数人の男たちと、最初に声を上げた若い男だった。

「僕も見せてもらいますよ。そんな貧相な、知性も品格もなさそうな男がクドルクの王の妻だなんて——失敗するようならほかにふさわしい女を探さなきゃいけない」

「立会いは長老会の者と決まってるんだぞジェイド。上に行きなさい」

年かさの男がたしなめるように言ったが、レオンが首を横に振った。

「かまわぬ。ジェイドも、私が月羽を愛している証拠を間近で見れば納得するだろう」

「——しっかり見せていただきますよ」

悔しそうな顔をして、ジェイドは後ろに下がった。

月羽は黙ったままひやひやしながらやりとりを聞いていたが、レオンに背中を撫でられて彼を見上げた。レオンは無表情のまま「さっそくで悪いが」と言った。

「この場で私と性交してもらう。この寝台の上で」

「ここで、ですか?」

「王が妻を娶るには、まず皆の前で契りを交わして、相手に妻の資格があるかどうか確かめねばならないのだ」

　言って、レオンは月羽を抱き上げて寝台の上に乗せた。たっぷり飾られた白薔薇のむせ返るような強い香りがする。白い敷布はふかふかしていて、やわらかく身体が沈み込んだ。座っていられず後ろに倒れ込むと、広間の壁には階段が設けられていて、二階ほどの高さにバルコニーがあるのが見えた。そこには広間から立ち去ったはずの大勢のクドルクたちがそろっていて、月羽を見下ろしている。

「……っ、見られる、の？」

「そうだ。クドルクの王とその妻となる者の初契りは、集まった一族の前で行われる」

　寝台の上に、レオンも上がってくる。長い外套を脱ぎ捨て、喉元まできっちりと閉まったシャツの釦《ボタン》をひとつ外した彼に上からのしかかられ、月羽はぎゅっと身をこわばらせた。

「あ、あの……っ」

「いやだと言われても逃してはやれない。手加減はするから耐えてくれ」

　するりと襟下に結ばれていたリボンがほどかれて、月羽は首を振った。

「違うんです……いや、ではないんですけれど、ただ」

「ただ、なんだ？」

「――僕、下手なんです」

　打ち明けるのは情けなく、申し訳ない気がしたが、二人きりでなくあんな大勢に見られるならば、最初に告げるべきだった。ぐっと眉を寄せたレオンの表情に怯えつつ、月羽は言った。

「その、口や手でのご奉仕も褒めていただけませんでしたし、後ろもきつすぎると言われて……反応も、悪いんだそうです。なので、頑張りますけど……見ている方に認めていただけるようにできるかどうか……」

すみません、と身を縮めると、レオンがため息をついた。

「それなら、気にしなくていい。妻は娼婦ではないから、ただ横たわって、感じていればよい」

「でも——僕、その感じる、というのも、よくわからないんです。大丈夫でしょうか」

せっかく買ってもらったのに、最初から失敗してしまったら申し訳ない。じっとレオンを見上げると、レオンはわずかに目を細めた。

「快感を覚えたことはないのか」

「……はい。ありません」

そう答えると、レオンは難しい表情のまま再びため息をついた。

「男娼ならば快楽にも慣れていると思ったのだが……慣れていないのか」

「……すみません、せっかく買っていただいたのに」

失望されたのだとわかって、月羽は首を竦めた。呆《あき》れられただろうか。やっぱりおまえなどいらない、と言われてしまいそうで身を硬くしていると、レオンは「仕方ない」と言った。

「快楽に溺《おぼ》れてしまうようだと後味が悪いと思って男娼を買ったんだが、それは私の都合だからな。月羽も、このまま楽しみがないのもつらいだろう。快楽だけはたっぷり味わえると約束してやる」

レオンは淡々とした声で言いながら月羽の髪に触れた。撫でられ、顔が近づけられて、月羽は迫ってくる白晳《はくせき》の美貌に息を呑んだ。レオンの漆黒の瞳はひたと月羽を見つめたまま、ひんやりした唇が重なってくる。

「……んっ」

口づけられた、と思うとさあっと身体が熱くなって、月羽はあわてて目を閉じた。

接吻《せっぷん》されるのは初めてだ。ほかの男娼が朝帰りの客と交わすのを見て、ああいうこともするんだな、と思うだけだった行為は、されてみるとじぃんと胸が痺《しび》れる感じがした。

幾度も吸うようについばまれ、とめてしまった息を吐くと、今度は舌が触れてくる。そこだけしっとり熱く感じるレオンの舌は、月羽の唇を割って口の中へと入ってきた。

「んむっ……ん、ぅ……っ」

呻くような声が出て、こんな声を出しては余計に呆れられる、と焦ったのもつかのまだった。厚みのある舌が月羽の舌に絡みつき、きゅっと吸い上げられた瞬間、びくん、と身体が波打った。

「んーっ……ん、はっ……んぅっ……」

一瞬だけ離れたレオンの唇がまた押しつけられ、今度は歯を舐められる。ぞくぞくぞくっ、と感じたことのない震えが身体を伝い、月羽は思わずレオンの服にすがりついた。

「ん、はっ、あっ……」

「本当に不慣れだな。クドルクのキスは酔いやすいとはいえ、キスだけでそんな顔をするとは」

「あっ……」

するりと指の背で頬《ほお》を撫でられただけで、また身体が震えた。レオンは観察するように見つめながら再び口づけ、月羽の服を脱がせていく。

「んんっ……っ、あ、……はぁっ……、ぅ、んっ」

口づけられ、離され、また口づけられて、くらくらと目眩がした。落ち着かなくて、勝手に身体がくねってしまう。はだけられた鎖骨から喉までをレオンの大きな手に包むように撫でられて、そうされるだけでも背筋がぞくぞくした。

(だめ……いけないのに……こんな、変なふうになるなんて)

「はぁっ……ん、あぁ……っ」

頭が溶けてしまいそう、と思いながら、快感を逃がそうと懸命に息を吸うと、ふいにレオンが手をとめた。覆いかぶさっていた身体が離れ、月羽はなにか粗相をしてしまったかと、はっとして目を開けた。

「レオン様……？」

「これはなんだ」

硬い声で問われ、とん、と胸を押されて、月羽は自分の身体を見下ろした。瘦せて骨の目立つ胸の真ん中で、紫水晶が光っている。レオンが指で触れたのはその石だった。

「これは……身体を売っている人間だという印です。逃げてもすぐに人目につくように、九天楼では娼婦や男娼はみんな、こうやって宝石を埋められるんです」

「──野蛮なことをする。それに、あちこち傷がついているではないか」

「傷は、お客様のお好みで……鞭で打たれたりするので」

傷のついた身体は駄目だったのだろうかと、月羽はレオンを見上げた。自分の身体が汚れているようで、恥ずかしくて隠したくなったが、隠すのはいけないことだと教えられているから、かわりに下衣を自分で押し下げた。

「あの、でも、孔の色は綺麗だって褒めていただいたことがあります。ご覧になりますか？」

これ以上失望されたくはなかった。急いで脱いで脚を広げようとすると、レオンが太腿《ふともも》に手を添えた。

「よせ。そういう真似《まね》はしなくていい」

「……すみません」

「この石と、傷は痛まないのか？」

「石はもうなんともありません。傷も……もう治りかけですから」

先日つけられた傷はもちろん、まだ痛かった。薬を塗れば早く治るらしいが、稼ぎの悪い月羽は薬をもらうことはできなかったのだ。でも、痛いと素直に言うわけにはいかない。大丈夫です、と微笑むと、レオンはため息をついた。

「本当に、今まで一度も快感を覚えたことはないのか？　客はおまえを痛めつけるだけだったと？」

「……お客様のご希望で、その……吐精をさせられることはあったので、達《い》く、のはわかります。でも……お客様のを入れていただいても、気持ちよくなれなくて……それでいつも、傷をつけるのが好きな方に、安く買っていただいていました。――ごめんなさい」

「性交にも不慣れで傷だらけか」

レオンは渋面で呟き、月羽から離れて寝台を下りようとした。

「儀式は中止に――」

「レオン殿。早く続けられよ」

叱責《しっせき》するような声が横からかけられて、月羽ははっとそちらを見た。忘れかけていたが、見物客がいるのだった。寝台はジェイドをはじめ数人の男が取り囲み、鋭い視線を向けていた。上を見れば、バルコニーでは赤いグラスを片手にした大勢がじっと見下ろしていて、月羽はぞくりと身震いした。

「中止するならば彼は正式な妻とは認められませんぞ。もちろん、私たちとしてはそのほうが喜ばしいですがな。そのような者を選ばなくとも、クドルクの王の伴侶となれば、いくらでも素晴らしい人間や仲間が名乗りを上げる」

「——妻は月羽だけだ」

苦い顔で、レオンが吐き捨てた。きっぱりした口調に、月羽は思わずどきりとしてしまう。

(月羽だけ、なんて……言ってくださるんだ)

建前なのだろうとは思う。誰でもよくて、後腐れなく安く買えるという理由だけで月羽は選ばれたのだし、表情からも声からも、月羽に失望しているとわかるのに、それでも見限られてはいないのだ、と思うと嬉しかった。

レオンは恐ろしいが、月羽を怒鳴ったり、殴ったりはしない。それどころか、がっかりしているはずなのに、必要としてくれている。たとえ、道具としてでも。

どきどきして胸を押さえた月羽を振り返ったレオンは、髪をそっと撫でてくれる。

「痛むかもしれないが、我慢してくれ」

「はい。大丈夫です」

労《いた》わる口調に、さらに胸が鳴った。大勢の前で抱かれるのは怖いけれど、これだけよくしてもらえるのだから、月羽もレオンの役に立ちたかった。

「感じないほうがいいんですよね？　それなら、大丈夫だと思います。ほかのことも、できるだけ言いつけどおりにしますので、よくないところがあったら言ってください」

改めて唇を寄せられて、月羽は息を整えながら呟いた。さっきの口づけはきっと、初めてだからあんなふうになってしまったのだ。身構えていれば、きっと感じない。

頑張りますから、と言うと、レオンは眉をひそめた。

「そのまま自然にしていればいい。卑屈《ひくつ》になることはないんだ」

「でもせっかく買っていただいたのに……ん、ぅっ」

遮るように口づけられ、ふわっと目眩が襲ってくる。レオンの手は胸を包むように触れてきて、ゆったりと肌をさすられると、月羽の身体からは自然と力が抜けた。

「ん、ぁ……は、あっ……、ふ、……っ」

口の中をたっぷり舐めたレオンは、肌を撫でながら唇を移動させ、耳や首筋にも口づけてくる。腰を抱かれ、味見するように舐められた首になにか硬いものがあたって、ぶるっと震えてしまった次の瞬間、鈍い痛みが首筋から走った。

「あ、いっ……あぁっ……！」

ずぶりと、硬く長いものが首に埋まってくる。鈍い痛みはすぐに痺れに変わり、月羽はびくびくと震えた。なにかが吸い出されている。それはごく短い、瞬間的な感覚だったが、驚くほど強烈だった。目の奥がちかちかして、首筋から下腹部まで、電流のような刺激が駆け抜ける。

「ひ……あ、あ……あぁ……っ」

燃えるように身体が熱くなり、月羽は身体を波打たせた。

たまらなく――たまらなく、感じる。口づけよりも強烈に、疑いようもない激しさで快楽が襲ってきて、たちまち自身が張りつめていくのがわかる。

(うそ……こんな、こんなふうになるなんて、初めて……)

ちゅっ、と音をさせてレオンに首筋を解放されると、咬《か》まれた跡から血が伝った。ぬるい血液が肌を這うのにさえ、感じてしまう。月羽の息は完全に上がっていた。

「はぁっ……あ、……ふ、あっ……」

呆然《ぼうぜん》と見上げた先、レオンは赤い唇から、長く白い牙を覗かせていた。見た瞬間、あれが突き立てられ、血を吸われたのだと悟って恐怖を覚えたが、それは甘ったるく身体を支配する快感を弱めたりはしなかった。むしろ、優美な獣にも似たレオンの姿に、身体の奥底から熱いうねりがこみ上げてくる。

血を吸う悪魔の名前なら月羽も知っている。吸血鬼、というのだ。残忍で恐ろしく、不死身で人を惑わす悪魔。

「あ……あ、あ……」

「気持ちがよいのだな。ここも色が濃くなった」

「ちがい、ま……あぁっ……！」

きゅ、と乳首をつままれて、月羽は仰《の》け反《ぞ》った。小さく目立たないそれを優しく引っぱられると、びりびりした甘い疼《うず》きが生まれる。つまんだまま捏《こ》ねるように弄《いじ》られれば、疼きは腰まで伝わって、ひくんと跳ね上がった性器からは透明な雫《しずく》が零れた。

「ひぅっ……あ、あ、だめぇ……、い、いって、しまいます……っ」

月羽の知っている射精は、客に命じられて自分で扱《しご》き、半ば無理やり放出するだけの、苦痛を伴う作業だった。でも、これはちがう。お腹《なか》の奥からこみ上げる熱さで、性器が勝手に硬くなって、前触れの汁が溢《あふ》れてきてしまう。

「ご、めんなさ……が、まんします、から、はなして……っ」

「胸だけで達けるなら、達けばいい」

平静な声で言われ、赤く色づいた突起をくりくりと弄られて、月羽は堪えようと身を捩《よじ》った。けれどいくらももたず、きつく引っぱられて頭の中が真っ白になる。

「——あ、は……っあ、ァ——……ッ」

びゅく、と噴き出した精液が、ひくつく身体の上に飛び散った。数度噴き出すのにあわせ、今まで感じたことのない絶頂感で腰が跳ね上がる。

「あ、……ふぁ……っ、は、ぁ……っ」

引かない余韻に荒い息をつくうちに、レオンは月羽の下肢を摑んで広げた。力なく小さくなった性器が握られ、絞るように扱かれて、月羽はまた大きく震えた。

「ふぁあっ……あ、く、……あッだめ、だめですっ……」

汁や白濁した体液がレオンの手を汚す。達したばかりのそこは敏感で、先端をこすられると腰までじぃんと痺れた。感じてしまっている、と思うと月羽は泣きたくなった。今までは、ほかの男娼のように感じて喘いでお客様を喜ばせたいと思ってもできなかったのに、感じないほうがいいときに限って反応してしまう自分がいやだった。

「あぁ……もうしないで……っ少し、少しやすんだら、きっと、ん、アッ」

手を離してほしくて懇願すると、すっとレオンの手が動いた。性器の根元をやんわり揉まれ、続けて窄《すぼ》まりが指で押されて、月羽は足を突っ張らせ、きゅっとつま先を丸めた。

「やぁっ……あ、あ、待っ……！」

孔の縁に濡れた指を感じるだけでぶるぶると震えが起こり、初めての感覚に月羽は首を振った。けれどレオンは待つことなく、月羽の放ったものでぬめる指を挿《さ》し入れてくる。

「ッ、う、あ……、はぁっ……あ、あぁっ……」

普段感じる痛みは少しも感じなかった。異物を挿入される違和感はあるけれど、それさえも不快ではなく、むずむずするようなもどかしさが勝った。二本の指で優しく揉むように肉襞を愛撫され、もっと奥まで入れてほしいような焦《じ》れったい感覚に、月羽は無意識に腰を揺らした。

「あぁっ……ん、あ、いやぁっ……中、中がへんに、あぅっ……」

「感じるだろう。咬むのは軽くにしておいたが、キスだけでもすっかり蕩《とろ》けていたからな。孔の中も——狭いが、やわらかい」

「ひあっん、あぁっ……！」

レオンは冷静に言いながら中で指をぐるりと回し、月羽はまた達してしまったような気がした。身体の中に指や性器を入れられるのは苦痛でしかないはずなのに、もっとこすってほしくなる。

「あひ……あ、あ、ごめ……なさ、あ、ふぁあっ……」

気持ちよくなっている自分が悲しかった。レオンをこれ以上がっかりさせたくないのに、下腹部の奥が脈打つように疼き、熱くて——気持ちいい。

「きもち……い、の、ごめんなさ、……あ、あぁっ……あ、」

「指だけでまた達きそうだな。性器は萎《な》えているが——随分漏らしている」

レオンはため息をついた。ああやっぱり呆れられた、と思うと涙が溢れて、月羽は喘ぎながら言った。

「も、入れてくださ……おっきい、の、入ったら、痛くなるから……感じ、ませんから……っ」

「挿入すればもっと乱れるぞ」

レオンは目を細めて呟き、ゆっくりと指を引き抜いた。

「いたずらに傷つけるのは趣味ではないが、あまりよがられてもすぐに終わってしまうからな。おまえもそれはいやだろう。生きていたいと言っていたくらいだ」

「……レオン、様?」

言われた意味が、月羽にはよくわからなかった。レオンは答えず月羽をうつぶせにし、ぐいと尻を持ち上げた。高く突き出す格好を取らされて、月羽は真っ白な布に爪を立てる。性器を挿入されるのは苦手で苦痛しか感じたことはない。吐き気や痛みに耐えるため、敷布をきつく摑むのが癖だった。

身構えるとぴたりと窄まりに肉塊があたった。舌と同じく熱を帯びたレオンの雄は、あてがわれただけでもわかるほど大きかった。すごく痛いにちがいないと思うとむしろほっとして、月羽は歯を食いしばろうとして——できなかった。

「——ッ、は、ひぁあっ……あ、あーっ……!」

痛みを感じたのはぐっと押し入れられた瞬間だけだった。直後に背筋がしなるほどの甘い衝撃が走り抜け、やわらかい内襞にレオンの亀頭を感じると、肌がざわつくように震えた。

「あぁっ……ん、あーっ……ふ、あぁ……あ、ア……ッ」

揺さぶられて奥に進まれるたび、紛れもない快感が頭まで響く。信じられない思いで月羽は目を見ひらき、視界の隅にしたたる赤いものに気づいてはっとした。

血だ。ぐん、と穿たれてわずかずつ散る血液は、月羽の首から落ちていた。さっき首を咬まれたせいだ、とわかって、ぞくりと背筋が震えた。

（やっぱり……レオン様は……僕を食べるんだ。血を吸って……犯して、最後にはきっと）

跡形もなく食べられてしまうのだ、と思いながら、月羽はか細く喘いだ。

「は、あっ……あ、ふ……っあ、ん、あ……ッ」

食い尽くされると思うのは怖いのに、同時にどこか甘美だった。咬まれただけでこんなに気持ちいいのだ。もっと――もっと血を吸われ、貪《むさぼ》られたら、それはどれほど快いだろう。

「あ、あ……レオ、ン、様……っ僕……あ、も、だめ……ぇ……」

怖い。怖くて気持ちいい。みっしり体内に飲み込まされた肉棒が行き来するのも気持ちいいし、こすれると蕩けそうで、身体がばらばらになって飛んでいってしまいそうだ。

「だめ……え、い、いっちゃ、……いっちゃう、レオ、……さ、ま……ぁ」

「かまわない。そのまま、我慢せずに達くといい」

抜き差ししながらレオンは月羽の身体に手を這わせてくる。細くくびれたウエストから胸まで愛撫され、両乳首をきゅっとつままれて、月羽はすすり泣いて身悶えた。

「あ……ア、それ、だめです……あ、あぁっ……！」

「――、たしかにきついな、月羽は。胸を弄ってやるとよく締まる」

「あぅっ……あ、ぁ、アぁ……っ」

背後から聞こえるレオンの声さえ、まるで媚薬《びやく》のようだった。指摘されたとおり、自分の内筒はレオンを受け入れて悦んでいるようだ。うごめいてレオンの分身に絡みついては、また蕩ける。規則正しくレオンが突いてくるのにあわせて、いくらでも喘ぎが出た。媚《こ》びるように自分の声が伸びるのをひとごとのように感じ、月羽はゆるゆると腰を振った。

「か、せてっ……いかせて、くださ、……あ、ああん、あ、もっと……」

自分がなにを言っているのかもよくわからなくなる。レオンは無言だった。ただしっかりと腰を摑まれ、強く打ち込まれて、月羽は顎を上げて泣くような声をあげた。

「あーっ……あ、あぁ……っあ、ア、……ッ——」

数回、深く突かれると真っ白に視界が焼けた。なにも見えない世界でぱたぱたと赤い血が舞う幻が見え、綺麗だ、と月羽は思った。まるで、薔薇の花みたいに——血の花が咲く。

がっしりと月羽をつなぎとめていた太い杭《くい》が、ずるりと身体から抜けていく。ひくっ、と震える月羽のはるか上のほうで、声がした。

「初契りを確かに見届けましたぞ。これから七晩、契りを続けてくださいませ。それが終われば、その者をレオン様の婚約者と認め、我々はレオン様を王と認めましょう。——せいぜい、長持ちすればよいですな」

抱かれるのを見られていたのだ、と遠い意識で思い出したが、月羽の身体は動かなかった。

ただひくついて震えるだけの身体に、白い布がかけられる。どうにか瞼《まぶた》だけを持ち上げると、布の向こうで、ひどく苦い顔をしたレオンが見えて——月羽は悲しい気持ちになったが、意識はそれ以上続かなかった。

（僕が、感じてしまったから、失望されたんだ……）

謝らなくては、と思いながら、月羽はそのまま気を失った。

身体中から蜜《みつ》がしたたっていくような心地がして、月羽はゆったりした椅子に深く座ってため息をついた。

家というより城と呼んだほうがしっくりくるレオンの屋敷には、昨晩まで大勢のクドルクが滞在していて、月羽は日夜彼らの耳目に晒されていた。誰も話しかけてはこないが、毎晩レオンに愛されるさまはじっくり観察されていて、昼間は一人でいると、眺めながらひそひそと耳打ちされる生活だった。慣れない環境で見られている緊張と、毎夜のレオンとの行為とで、月羽はぐったりと疲れていた。

けれど、それも昨晩でようやく終わった。陽《ひ》の光を嫌うクドルクたちは、ここで暮らしているというジェイド以外はみんな夜明け前に去っていき、今朝からは屋敷の中が閑散としていた。

(今夜は……きっと、しないよね)

はあっ、と熱を帯びた吐息が零れる。そろいの制服に身を包んだ使用人が用意してくれる、薔薇をふんだんに使った食事や飲み物には慣れてきたけれど、レオンに与えられる快楽には、ちっとも慣れていない。八日間も毎晩愛されたのだから、慣れて感じなくなってもいいはずなのに、月羽は毎夜乱れてしまった。その上、こうして昼になっても動くのが億劫《おっくう》なほど、身体には微熱が籠《こも》っている。

(奥に……まだ、レオン様が入ってるみたい……)

顔も手足もぼんやり熱っぽく、下腹部はじんわり痺れていた。ともすれば内側をかき回される感覚が蘇《よみがえ》り、はしたなく勃起《ぼっき》してしまいそうだ。

月羽は自分の身体を刺激しないようそっと息をつき、窓から外を見つめた。与えられたのは淡い薔薇色の調度品で整えられた部屋で、窓からは美しい庭が見える。明るいが空は薄曇りで、寒々しい庭の中、薔薇だけが生き生きと満開の花をつけていた。

「具合はどうだ」

ふいに声がして、月羽ははっと振り返った。いつのまにか、背後にレオンが立っていた。今日も真っ黒な服装で、氷のように冷たい顔だけが白く美しい。

「すみません、気づかなくて。体調は大丈夫です、……っ」

月羽はあわてて立ち上がりかけ、うまく力が入らなくてよろめいた。レオンの腕にしっかりと受けとめられて、瞬間走った危うい感覚に息を呑む。

「っ……すみま、せん……」

はっ、と息がはずむのがみっともなく思える。耳まで熱くなってしまって俯くと、レオンが身体を支えながら顔を覗き込んできた。

「目が潤んでいるな。まだ身体が疼くのだろう？」

「……っいえ、もう平気です」

かぶりを振って離れようとすると、逆に抱き寄せられて、月羽はふたたび息をつめた。

「あ……離して、ください……っ」

「昼まで起きられないほどだ。無理はするな。クドルクの体液は、人間には媚薬なのだ。快感を覚えるのは仕方ない」

月羽を椅子に座らせなおしたレオンはそう言って、月羽は彼を見上げた。

「――そうなんですか？」

「ゆっくり食事をするためには快楽を与えるのが手っ取り早い。この世のものとも思えないほどの快楽を味わえるから、人間は進んで我らに身を委《ゆだ》ねるのだ」

「食事？」

「クドルクには、血液が食事だからな」

言いながらすっと首筋に触れられ、月羽はぞくんと震えた。最初の夜に咬まれた場所だ。あれ以来咬まれていないのに、あの長い牙が皮膚を突き破ったときの強烈な酩酊《めいてい》感を鮮明に思い出し、思わず零れたため息は熱っぽくなった。

「レオン様は……血を、飲むんですね」

「そうだ。恐ろしいか？」

揶揄《からか》うようにレオンは目を細める。月羽は少し考えてから横に首を振った。

「いいえ。血を飲むのは、僕の国では悪魔のすることです。でも悪魔は、もっと恐ろしい容姿で、人間と話をしたりしなくて、ただ襲って殺すだけです。……レオン様は、こうやって話もできるし——それに、とても、綺麗です」

レオンは本当に美しい。頬も額も白大理石のように硬い印象だが、その分隙《すき》のない美貌だ。人形だってこんなに綺麗じゃない、と月羽は思う。だから心から言ったのに、レオンは驚いたように、わずかに目を瞠《みは》った。それから、ふっと表情をゆるめる。

「直接『綺麗』などと言われるのは久しぶりだな。この顔は好きか？」

「好き……というか、ただ、本当に綺麗だなって」

綺麗なだけではなく、意志の強さが現れているからだろうか。整っていても女性的ではなく、凛々《りり》しい。その秀麗な顔が近づいて、月羽はどきりとして頬を染めた。唇がくっつきそうな距離が恥ずかしい。期待するように胸が高鳴り、ぎゅっと手を握りしめると、レオンはすっと顔を離して皮肉っぽく微笑んだ。

「抱かれる快楽を思い出したか？　物欲しそうな目になった」

「……っ」

「一度クドルクに血を吸われた人間は、その快楽が忘れられずに虜《とりこ》になる者が多い――おまえも慣れていないというから、決まりの八晩を終えられなくても仕方ないと諦めていた。長老会のメンバーも驚いていたぞ。妻人形に堕《お》ちるのが関の山だと思っていたようだ」

「妻人形？」

「正式な妻でなく、クドルクの快楽と食事のために存在する愛人をそう呼ぶ。クドルクに抱かれる悦びの虜になり、溺れてしまった者は、ひたすらに抱かれることだけを欲するようになる。いくら貫かれても血を吸われても満足できずに、気が触れてしまうのだ」

月羽は身震いして自分の胸を押さえた。どきどきと早鐘を打つ胸も、お腹の奥が疼いているのも、快感に溺れてしまう前兆かもしれない――そう思うと鳥肌が立った。

「そうなってしまえば、我々の食欲と肉欲を満たすためにしか使えないのだが、月羽は抱かれ続けてもこうして普通に話ができているからな。ひとまず、買い物が無駄にならずにすんでよかった」

レオンはそう言うと踵《きびす》を返した。

「今夜からはおまえを抱くつもりはないから、屋敷の中なら好きに過ごせばいい。私は書斎にいるから、用があれば声をかけてくれ。昼はジェイドからいろいろ教えてもらうように。かたちだけとはいえ、クドルクの王の婚約者だ。知識も礼儀作法も、なにも知らないままというわけにはいくまい」

「――わかりました」

つらくあたられるわけではないが、レオンの言葉の端々からは、月羽をただの道具のように考えているのが伝わってくる。それは少し悲しかったが、道具に過ぎない男娼にも暴力を振るうことなく接してくれるレオンは、きっと誠実な人なのだろうと思う。

道具なら、道具としてでもいい。無駄にならずにすんでよかったとこれからも思ってもらえるように、この微熱は消してしまわなければ。

「あの、レオン様」

部屋から出ていこうとするレオンを、月羽は呼びとめた。

「お庭に出てもかまいませんか？」

「庭？」

「はい。薔薇がとても綺麗なので」

屋敷にはそこかしこに薔薇が飾られている。食事も薔薇が使われているし、きっとレオンは薔薇が好きなのだろう。だったら薔薇をつんできてレオンに届けたら、少しは喜んでもらえないだろうかと思ったのだ。

(それに、外はきっと寒いもの。冷たい空気を浴びたら、この……いやらしい熱も冷めるかもしれない)

振り返ったレオンを懇願するように見つめると、レオンはしばらく黙っていたが、やがて頷いた。

「八日間耐えてくれた礼だ。庭の散歩はつきあってやる」

「お許しいただければ一人でも平気です」

「いや。庭に一人で出るのは駄目だ。おいで」

手招きされ、月羽はよろめかないよう気をつけて立ち上がった。一人で出てはいけないのは、きっと逃げるのを危惧《きぐ》されているのだろう。月羽に逃げるつもりはないが、信用されないのは仕方ない。九天楼では靴が履けないのと同じことだ。

連れ立って部屋を出ると、影のように物言わぬ使用人たちがすっと姿を消していく。玄関近くのサロンには銀色の猫とジェイドがくつろいでいて、ジェイドには激しい憎悪の目で睨まれたが、レオンはまったく気にした様子はなかった。

外に出て、芝生を縫う小径《こみち》をたどって薔薇園に着くと、強く薔薇の香りが漂った。月羽より丈の高い薔薇もあって、まるで薔薇の森に迷い込んだかのようだった。ほとんどが赤い薔薇だが、白い薔薇もあるし、ときおり紫や桃色、薄黄色といった色も混じっている。

「庭にあるのは、薔薇の花だけなんですね。レオン様は、どの薔薇がお好きですか？」

大きく咲いた八重の薔薇のしっとりした花弁に触れながら、月羽はレオンを振り返った。

レオンは皮肉っぽく微笑む。

「好きだと思ったのか。あいにく、好きなわけではない」

「でも……こんなにたくさん植えてあるのに」

「ほかの花では役に立たないから、クドルクは屋敷に薔薇を植えるんだ」

素っ気なく言ったレオンは、手を伸ばすと鋭い棘《とげ》のある茎ごと、薔薇の花をむしり取った。

思いがけない乱暴な行為に竦んだ月羽の前で、彼は花を握り潰して、はらはらと地面に落としてみせた。ひらかれた手のひらには、傷ひとつついていない。

「わかるか？　無傷だろう。これが棘でなく刃物でも同じだ。万が一傷がついても、すぐに回復する。——我々は、死なないのだ」

それは無感動な声だった。散った薔薇を見下ろす目も、表情も、無表情を通り越して死んだかのように硬く、動かない。

「死なないかわり、クドルクは徐々に喜びを失う。ぬくもりにも、甘美な食べ物の味にも、日の光の美しさにも、水の心地よさにも——心が動かなくなる。まるでなにもない灰色の世界にいるようなものだ。薔薇の花の香りと、花を口にしたときだけ、その虚《むな》しさをひととき忘れられるから、クドルクはみんな薔薇を食らう」

伏せられた横顔は薄曇りの中でも輝くように美しかったが、声は硬く冷えきって、寂しい、と月羽は思った。

　レオンの言うとおりなら、クドルクというのは寂しい生き物だ。

　真似して触れてみた薔薇の棘は痛かった。

「傷つかなくて……痛いのも、感じないのですか？」

　問うと、レオンは首を横に振った。

「にぶくはなるが、深く傷つけば痛みはある。痛みと怒りは最後まで残ると言われているが、だが最終的には、その痛みにもなにも思わなくなるらしい。ありとあらゆることになんの感情も湧かなくなるまで生きたクドルクは、自ら滅びていく」

　想像するとぶるっと身体が震えた。初日にたくさん集まっていたクドルクたちが、みんな人形のように静かだったことを思い出して、薄寒いような気持ちになる。

「じゃあ、レオン様には好きなものはないんですか？」

「はるか昔にはあったが、今は血を飲むときだけが愉悦を味わえる」

「鳥の声とか……音楽も？」

　月羽は鳥が好きだ。涼やかで可愛いさえずりを聞くと心が和む。上手な男娼がお客に聞かせる琴《こと》の音も好きだった。けれど、レオンは静かに首を振った。

「おまえが音楽が好きなら、レコードをかけてやろう。屋敷には音楽室も、図書室もある。自由に使えばいい」

自由に、と言われても、嬉しいとは思えなかった。薔薇は美しくていい香りだけれど、楽しみがこれだけだなんて悲しい。

「……クドルクは、皆さんすごく綺麗なのに、寂しいんですね。楽しいことがなにもないなんて」

顔を寄せて薔薇の香気を吸い込み、月羽がそう呟くと、レオンはかすかに唇の端を歪《ゆが》めた。

「人間が我らを憐れむか？　たとえ灰色の世界で喜びを失っても、永遠の生命が欲しいと願う人間は多いぞ。おまえもそうだろう」

「僕？」

「生きていたいと言った。生贄になるよりましだと」

冷ややかに言い捨てられ、月羽は思い出した。娼館から連れていかれたあの教会で、確かに月羽はそう言った。

「それは――せっかく、生まれてきたからです。僕は忌み種と呼ばれていて……国では僕みたいな外見の人間は生まれるはずがないから、悪魔の子供だと言われるんです。まともな仕事もできないし、ひどいときは生まれてすぐ殺されてしまいます。でも僕は、家族が生かしておいてくれました。忌み種でも買ってくださるという方がいたから、九天楼で働くこともできました。そうやって、誰かのおかげで生きていられるのに……僕自身が死を望む気にはなれません」

月羽はもう一度薔薇の花に顔を近づけた。甘い、高貴な香り。

「それに、生きていたら楽しいことってけっこうありますし。鳥が可愛いなとか、空が綺麗だなとか、風がいい匂《にお》いだなとか思うと、気分がよくなりますよね。でも、もしそれがなかったら――なにも楽しいことがないのにただ生きていたって、嬉しくないどころか、怖いと思います」

「怖い、か。月羽は正直だな」

レオンは苦笑したようだった。後ろから髪を撫でられ、月羽が振り返ると、レオンはなにかを思案するように目を細めた。

「私の正式な妻になれば、おまえもクドルクになる。待っているのは喜びのない長い長い人生だが――やめたくなったか？」

「僕も……クドルクに？」

「そうだ。妻なのだから、仲間になるのは当然だ。私の血を飲み、永遠の命を得る。嬉しいか？　それとも、いやか」

「それは――」

月羽は戸惑って口ごもった。本音を言えば怖いからいやだ。でも、レオンは妻にするつもりで月羽を買ったのだから、買われた以上主人の言うことに逆らうべきではない。

どう答えようかと迷ううちに、レオンは小さく笑った。

「冗談だ。おまえを眷属《けんぞく》にする気はない」

「……え？」

「おまえだって望まないのだろう？　三年か五年は婚約者で押し通せるから、おまえは人間のままにしておく。そのあいだに私は私の成すべきことをすませるつもりだ。たぶん、三年も経てば誰も妻がいるかどうかなど問題にはしなくなるだろうから、そうしたら自由にしてやる。最初の約束どおり」

「――」

そういえば、望みを叶えてやる、と言われたのだった。でも、どうしてか、喜ぶ気にもなれず、安堵《あんど》することもできなかった。

「でも、そうしたら、レオン様はお一人になってしまいませんか？　それとも僕が用済みになったあとで、別の方と結婚されるんでしょうか」

「私は誰とも結婚はしないし、誰も愛するつもりもない。二度と」

きっぱりと言われ、その揺るぎない強さに月羽は寂しくなった。自分がいずれ用済みになる道具なのは、別にかまわない。でも、レオンのように、大勢に敬われる立場の人が寂しいことを言うのは、なんだかすごく――せつない、と思う。

困った顔をすると、レオンは月羽の髪を撫でながら、またわずかに苦笑した。

「一人でいれば、これ以上悲しみを増やすことはないからな」

「悲しみを……?」

「私も、愛する者を失ってまで永遠に生きたくはない」

声はやわらいだ分、今までにない悲しみが籠っているようで、月羽は黙ってレオンを見上げた。悲しい言葉とは逆に、眼差しは不思議と穏やかに見える。

「……好きな方が、亡くなられたんですね」

「そうだ。ずっと昔に」

「それじゃあ、すごく寂しいですね」

好きではなくても、近くにいた人がいなくなれば寂しさは感じるものだ。昨日までいた男娼が不在になった部屋のがらんとした眺めを思い出していると、レオンは月羽の髪を梳いて苦笑した。

「おまえがそんな悲しそうな顔をすることはない。――月羽は心根が優しいのだな。最悪使い捨てでもかまわないと思っていたが……おまえは悪くない買い物だったようだ」

声も表情に見合って穏やかで、囁かれた月羽はぼうっとした。睨まれるのでも蔑《さげす》まれるのでもない、こんな優しい目を向けられたのは初めてだった。

それに、髪。まるで慈しむように触れられて、落ち着かないけれど、その胸のそわそわする感じもいやではなかった。

(レオン様みたいな人は初めてだ……僕を、こんなに大事に扱ってくださるなんて)

レオンは指先で月羽の髪を掬《すく》い、確かめるようにさらさらと梳く。

「月羽の髪は美しいな。これが忌み嫌われていたなど、もったいないことをするものだ――少し長さが不揃いだな」

「これは……自分で、切っていたので……」

「では誰かに整えさせよう。これからは伸ばすといい」

「はい――」

見つめられていると、月羽からは視線が逸《そ》らせなかった。身動きできないのに苦痛ではなく、むしろ心地よくさえある。まるで、眼差しに不思議な力でもあるかのようだった。

ずっと見つめられていたい、とぼんやり思ったとき、レオンの指が耳に触れて、月羽はびくっと我に返った。ほんのちょっと触れられただけなのに、痺れるように身体を貫いたのは快感で、あわてて後じさる。

「……痛っ」

すぐ後ろの薔薇の茂みに皮膚のあちこちが引っかかれ、顔をしかめると、レオンがため息をついた。

「なにをしてるんだ。危ないだろう」

「すみませ……大丈夫で、……ぁっ」

助け起こすように手を掴まれ、声が途切れる。ぶわっと肌が粟立《あわだ》って、立っていられないほど震えた月羽を、レオンが抱きとめてくれた。ひんやりとしてたくましいレオンの身体に、月羽はいっそう赤くなる。

「は、なして……っはなして、ください……」

「なんだ、もよおしたか？　昨晩までずっと抱かれ続けていたんだ、無理もないな」

しっかりと月羽を抱いたまま、レオンは耳元で笑う。低く艶《つや》を帯びた声に、月羽はかくんと膝から力が抜けてしまうのを感じた。

崩れるように寄りかかった月羽を片腕で抱き、レオンは月羽のトラウザーズをくつろげた。直《じか》に触れられるとすでに張りつめた性器はぬるりとすべり、月羽は必死に声を押し出す。

「いや……だめ、です。こんな、昼間に……外で」

「誰もいない。いたとしても、私とおまえの邪魔はしない。月羽は花嫁なのだから」

「でも、っあ、……ん、んん……ん、」

耳朶《みみたぶ》を舐められ、溢れそうになった嬌声《きょうせい》を恥じて月羽は唇を噛んだ。レオンの手はすっぽりと月羽のものを包み込み、促すように上下にこすり立ててくる。

「んーっ……ふ、……ん、……は、ぅっ」

「あまり唇を噛むな。血が流れれば私がおまえを食ってしまいたくなる」

「ん、でも、あ、あ……ぅ、んッ」

「唾液《だえき》を飲ませるわけにはいかないから、唇に口づけはしてやれないのだ。声は好きなだけ

ったた。
　ぐりっと親指で鈴口を撫でられて、我慢できずに声をあげてしまうと、あとはとまらなか
出せばいい」
「ん、は、……あ、アぁっ！」

「あぁっ……ん、あ、いや、レオン様っ……あ、そんなに、したら……あぁっ」

「たっぷり濡れてきたな。いつでも達していいぞ」

「いやぁ……だめ、汚して……ああ……汚してしまいます……っ」

「――健気《けなげ》なことを言う。では、こうしよう」

　首を振る月羽を見つめ、レオンは小さく微笑んだ。月羽の性器を離した彼は、外套を脱ぎ落とすと、その上に月羽を座らせてくれた。休ませてくれるのかと月羽がほっとしたのもつかのま、大きく膝を割りひらかれて――レオンが、顔を股間に埋めてくる。

「レオン様っ……そんな、ああッ！」

　長い舌で月羽の先端からしたたる蜜を掬い取り、レオンはゆったり笑った。

「これならば汚れないだろう？」

　言うなり口の中におさめられて、月羽は背をしならせた。

「あぁっ……やめっ……いけませんっ、こんなこと……あ、ンっ」

　じゅる、と音を立ててすすられて、恥ずかしさと溶けてしまいそうな刺激に胸が締めつけ

られる。レオンの口の中はあたたかく、緩急をつけて舌で舐められ、唇で扱かれるのはたまらない快感だった。

「ふ、あぁっ……やぁ、でっ……出ちゃう……レオン様、はなして……っ」

懇願しても、応えはなかった。かわりに促すようにきゅっとくびれを締められ、鈴口をつつかれて、下腹部全体がびっしょり濡れたように感じた。熱く濡れて、膨れ上がり、限界まで張りつめて――弾《はじ》ける。

「――ッ、ア、あぁーっ……」

びゅーっと噴き出してしまいながら月羽は身を捩ったが、レオンは離してくれなかった。鼓動にあわせて放出される月羽の絶頂の証をすべて口で受けとめたレオンは、最後の一滴まですすり取ると、やっと顔を上げた。月羽は両手で顔を覆う。

「ごめんなさい……っ口に、口に出してしまうだなんて……っ」

「私がしたんだ。気持ちがよかったなら、それでいい」

月羽の服を直してくれながら、レオンは月羽の手の甲に口づけた。

「月羽には、ここにいるあいだは快適に過ごしてもらいたい。身体だけでも快楽を覚えるならば、いくらでも施してやろう」

「……僕は、充分過分に扱っていただいてます」

身体だけ淫らになるなどいけないことだ、と月羽は思う。ここでは掃除も洗濯もしなくてよくて、食事だって出してもらえて、昼すぎまで起きられなくても怒られることもなく、男娼としてどころか、妻にと望まれているのだ。それがたとえかりそめで、妻という名の道具に過ぎないとしても。

そう考えると、熱っぽかった身体がすっと冷えた。

そうだ。別に月羽は、レオンに愛されているわけではない。最初から形式だけだと言われていたのだから。

(今も、あんなに感じてしまったし。これ以上は、レオン様をがっかりさせないようにしなくちゃ)

レオンの手を借りて立ち上がった月羽は、さりげなく彼から一歩離れた。

「お庭、連れてきてくださってありがとうございます」

丁寧に頭を下げて、ふらつきそうな足を踏みしめて歩くと、レオンはなにか言いたげな表情を見せたが、結局なにも言わなかった。

黙ったまま屋敷に戻ると、レオンは月羽の頭に口づけて、「ゆっくり休め」と告げた。

たったそれだけでも目眩がするほど顔が熱くなり、月羽は俯いた。レオンの気配が充分遠ざかるまで、赤い顔を見られないよう下を向いていると、離れた場所から呆れたような声が届いた。

「昼間からはしたないな」

はっと目を向けると、ジェイドが本を片手に抱えて立っていた。

「今にも喘ぎそうな顔をして、みっともないったら。初契りと七晩を乗りきっただなんて信じられないよ。どうせレオンが手加減したに決まってる」

つんと澄ました可憐《かれん》な声だが、口調は鋭かった。来い、というように手招かれ、あわててついていくと、サロンの片隅でテーブルを挟んで座らされる。

「まったく気が進まないけど、レオンに言われたから、今日から僕がおまえの家庭教師だ。シルヴァに聞いたけど、東の国の男娼だったんだって？　そんなんじゃ教養には期待できないからね、厳しくするから覚悟しといて」

「家庭教師って……勉強を、教えてくださるんですか？」

「それに礼儀作法もね。教えたくてやるわけじゃないよ。でも、おまえがレオンの婚約者として認められた以上は、ふさわしい知識や振る舞いを身につけてもらわないと、傷がつくのはレオンなんだ。僕は反対だけどね。おまえなんか、さっさと快楽に囚《とら》われて堕ちてしまえばいいものを」

可憐で美しい分、ジェイドの声は毒々しかった。燃えるような青い瞳で彼は月羽を睨み、テーブルの上に本を置いた。

「これはクドルクの歴史の本だよ。こっちはマナーの基礎の本。三冊とも明日の朝までに読んで」

「……あの」

月羽は学校に通ったことはなく、西の文字はもちろん、東の国で使われていた字さえ読めなかった。普通の子が学校に通う歳になっても家からはほとんど出られなかったし、七年前に九天楼に身売りしてからは、独学で学べるような時間もなかった。そう打ち明けようとして、じろりと睨まれて身を竦める。

「安心しなよ、今夜からはおまえは一人で過ごすから、レオンに愛されて時間がない、なんてことはないよ。王と認められるためだけに結婚するつもりなんだ、レオンは。おまえなんか——ただのお飾りだ。いくら花嫁だとレオンが言っても、実情は妻人形と変わりないんだ。身のほどはよくわきまえておきなよね」

「——それは、わかってます」

ずきん、と胸が痛んだが、月羽がただ名前だけの花嫁だというのは、レオン本人にも言われていることだった。

「僕は、どんな立場でもレオン様のお役に立てれば、それでいいです」

「殊勝なふりばっかり上手いんだね。そうやってレオンに取り入るつもり？　いやらしい」

ジェイドはますますおもしろくなさそうに眉をひそめて立ち上がった。そのまま立ち去っていくのを呼びとめようとして、月羽は諦めた。読めるわけがないけれど、なんとか頑張ってみて――明日、謝るしかない。

それとも、レオンに文字の勉強の仕方だけでも聞いてみようか。やり方を教えてもらえれば、一人でもきっとできるはずだ。

「……シルヴァ」

ふっと月羽は首をかしげた。たしかジェイドは、シルヴァに月羽が男娼だと聞いた、と言った。あの銀髪の彼もこの屋敷にいるのだろうか。てっきり九天楼の教会にとどまっているのだと思っていたけれど。

「呼んだ？」

ふいに足元から声がして、月羽はびっくりして見下ろした。すり寄ってきたのは銀色の猫で、ああ猫は一緒にレオン様に連れられてきたっけ、と思い出して、手を伸ばす。

「よかった、あれ以来見かけないなと思ってたんだ……あれ？」

今、猫がしゃべっただろうか。ぽかんとして猫を見つめると、猫はにゃーん、と鳴いてから、言った。

「俺はもともと猫だから、このかっこうのほうが楽なんだ。シルヴァだよ」

「え……ええ⁉」

見た目は普通の小さな猫なのに、声は人間の男のものだ。笑うように口元を動かした猫――シルヴァは、楽しそうにひげを震わせた。

「それより、どうせ字が読めないんだろ？　書斎に子供用の読み書きの本があったはずだから、教えてやるよ」

「シルヴァが？」

「俺はレオン様の使い魔だから。レオン様に言われればなんでもやるのさ」

くるりと尻尾《しっぽ》を向けて、シルヴァは「ついてこいよ」と月羽を呼んだ。

「ジェイドも根は悪いやつじゃないんだ。ただ、レオン様のことが好きすぎるだけで」

「……ジェイド様は、レオン様がお好きなんですね」

「家族同然なんだよ。家族扱いは、ジェイドは不満だろうけどね」

意味深に言い、シルヴァは歩きながら振り返った。きらりと緑色の瞳がきらめく。

「悪いやつじゃないけど、月羽のことは恨んでるから気をつけたほうがいい。あいつも複雑だから、レオン様に月羽の家庭教師を命じられて逆らえない分、余計に月羽のことが憎くなってると思うよ」

「僕なんて……かたちだけの、偽物なのに。ジェイド様だってそう言ってました」

「かたちだけの偽物でも、妻は妻だろ。ジェイドはそれが悔しいのさ」

赤い絨毯の上をかろやかに進みながら、シルヴァは長い尻尾を振ってみせた。

「俺はつきあいが長い分、月羽よりジェイドに肩入れしてやりたいけどね。レオン様が決めたことだから仕方ない。月羽はせいぜい努力してくれよ」

「はい――頑張ります」

重たい木の扉が、シルヴァが近づくと自然に開いた。広々とした内部は壁だけでなく中央にも書架が並んでいて、足を踏み入れた月羽は、さきほどと同じ内容を繰り返した。

「偽物でも、道具でもかまわないんです。でも、レオン様はわざわざ僕を買ってくださったから……レオン様が望むような花嫁になるためだったら、僕も、なんでもします」

レオンの穏やかな眼差しを思い出すと、きゅっと胸が捩れた。ついで甘い愛撫を思い出して羞恥心がこみ上げたが、つとめて無視して顔を上げる。

「役に、立ちたいんです」

今度こそ、と月羽は思った。生まれた場所でも九天楼でも、誰にも望まれなかったからこそ、必要とされたい。


勉強は、はじめてみると楽しかった。

シルヴァによると、月羽の名前に使われているような文字は表意文字といって、それだけで絵のように意味があり、西で使われているのは言葉の音をそのまま表す、表音文字、というのだそうだ。知らないことばかりだったが、ひとつひとつ文字のかたちを覚え、文字の並びと音が一致するようになると、本を読むだけでぱっと世界が広がっていくのが楽しい。月羽が読み書きができないことはシルヴァがジェイドに伝えてくれ、ジェイドには散々馬鹿にされたけれど、結局勉強はシルヴァが、ジェイドが行儀作法や嗜《たしな》みを担当して教えてくれることになった。

レオンは多忙らしく、屋敷にいないことも多かったが、顔をあわせると月羽の勉強の成果を喜んでくれ、月羽が文字を書いてみせると「偉いな」と目を細めて褒めてくれた。まるで幼い子供にするような褒め方だったけれど、嬉しくて胸が震えた。努力したことを認められ、褒めてもらえるのは、舞い上がりそうな喜びだった。

そうして一番嬉しいのは、レオンと一緒にお茶の時間を過ごせるようになったことだった。お茶の時間は人間でもクドルクでも、貴族にとって大切な時間であり、お茶をおいしく淹《い》れるのは女主人の役割なのだと教えられて、ジェイドにみっちりと教え込まれた。「これならまあ、レオンに飲ませてもいいかな」と言われてから数日後、レオンが時間が取れるという日に、月羽は初めてお茶を振る舞うことになり、緊張しながら淹れた。

人間ならば午前十時や午後三時だが、クドルクがお茶会をするのは夜だ。真夜中の三時は、かつての習慣で朝に起きてしまう月羽にはとても無理なので、レオンと一緒にお茶をするのは零時と決まっていた。

ぴったり零時、カーテンを開け放ち、月光に輝く庭を見渡せるサロンの席に着いたレオンの前に、薔薇を使ったお茶のカップを置くと、レオンは月羽を見つめて微笑んでくれた。

「綺麗な色だ。おまえの髪の色に似ている」

「ジェイド様に、零時のお茶は人間でいう午前のティータイムだから、白薔薇茶がいいと教えていただきました」

口うるさく文句を言い、毎日のように月羽をけなすのに、ジェイドは熱心に教えてくれていた。嫌われているのはよくわかるから萎縮してしまうけれど、大嫌いだと言いながらも手を抜かないジェイドは変わった人だと月羽は思う。

「今日はとても月が綺麗ですから」

「天気の話をしろ、と教わったんだな。どこに出しても恥ずかしくない奥様ぶりだ」

レオンは苦笑してカップを持ち上げる。

「ジェイドは生まれつきのクドルクだ。それにまだ若いから、苛烈な部分もあるが、うまくやっているようでよかった。——うん。いい味だ」

「ありがとうございます」

お茶を口に含んだレオンの表情が曇ることはなく、月羽はほっと肩の力を抜いた。

向かいの椅子に腰を下ろすと、レオンは真ん中に置かれた菓子の皿を月羽のほうに寄せてくれた。

「私は食べないから、月羽が食べなさい」

「はい、いただきます」

クドルクの口にするものはすべて薔薇が使われている。栄養や活力は生き血でしか摂取できなくとも、嗜好品《しこうひん》として薔薇のお菓子を好むクドルクはいるらしい。けれど月羽は、そうしたものを食べるレオンを見たことがない。薔薇の香りのクリームをたっぷり挟んだビスケットをかじって、月羽もお茶を口にした。

「ジェイド様が……レオン様は禁欲的だっておっしゃってました。お菓子もお酒も召し上がらないって」

「使用人の血も飲まない、とでも嘆いていたか？」

レオンは冗談めかして言い、自嘲《じちょう》するように目を伏せた。迷って、はい、と月羽は頷く。

「クドルクの館に仕えるのは、クドルクになりたい人間たちだと聞きました。たいていは願いが叶えられず、クドルクの気が向いたときに血を飲まれて捨てられるだけだと」

ただの餌だよ、とジェイドはこともなげに教えてくれた。「中には餌になりたくて使用人になる人間だっている。雇うのも、食べてやるのもご褒美だ。でもレオンはその褒美をやらない。使用人の数だって普通のクドルクより少ないし、普段の食事は裏庭で飼ってる家畜なんだ。……禁欲的だよね」――そんなふうにレオンについて語るとき、ジェイドの顔はうっすら上気して、夢見るように美しくなるのに、同時にとても悲しそうだった。

「ジェイドにも、使用人を食べるのは禁止しているからな。私はいわば菜食主義なのだ。ほかで事足りるなら、禍根を残してまで人間を食す必要はない」

「でも、薔薇のお菓子やお酒は、食べても誰も怒らないと思います」

「こうして茶は飲む。——酒は、わずかでも酔うのが嫌いなんだ」

そう言ってカップに口をつけるレオンは、ジェイドの言うとおり禁欲的に見えた。窓から降り注ぐ月の光を浴びていると、この世のものではないように静かで美しい。優雅にお茶を飲む姿は王の名にふさわしい気品を漂わせているが、尊大ではなかった。

王様というと、いばっていて優雅な生活をしているような気がしたけれど、レオンは忙しそうだった。クドルクとしての力が下がってしまう昼間でも出かけていくのは、クドルクの王として、魔女や人狼《じんろう》、グールやエルフとも会うためだという。帰宅すると疲れているように見えることもあるのに、そういうときも月羽にはもちろん、使用人に対しても声を荒らげたり怒鳴ったりしたことはなかった。

(すごくいい方に身請けしてもらったんだよね、僕)

屋敷に来てすでにふた月が経つ。きちんと切りそろえた白金色の髪は肩まで伸びて、月羽が動くとさらさら揺れた。食事をちゃんともらえているから、髪には艶があって、水仕事をしない手はなめらかでやわらかくなった。いつも清潔なものが用意されているシャツは絹でできているし、文字を覚えてレオンの名前も書けるようになった。

こんなに幸運で恵まれたことがあっていいんだろうか、と思いながら、月羽はおいしいビスケットを食べ終えて、レオンに向かって微笑んだ。

「これからはレオン様が飲みたいときは、僕がお茶をお淹れします。お茶を飲むと、疲れたときでも少しほっとしますよね」

「そうだな、お願いしよう。ありがとう」

「……」

ありがとう、と言われて、月羽の胸は苦しくなる。なんて素敵な言葉なんだろう。月羽のしたことにほんの少しでも謝意を示してくれるのは、レオンしかいない。

いっぱいに溢れてくる充実感と喜びに黙ってしまうと、レオンはお茶を飲み干して言った。

「お茶はもう合格だから、次はダンスを習うといい。踊れるようになれば、客を招いて月羽を婚約者として披露できるからな」

「はい、わかりました」

ダンスも頑張ろう、と思う。上手に踊れるようになったら、こうしてお茶を一緒に飲むように、レオンと一緒に踊るのだろう。きらびやかで眩《まぶ》しい灯りの下で、レオンに抱き寄せられ、至近距離から見つめられながら踊るのを想像すると、いっそう胸は苦しくなった。

幸せすぎる、と思いながら、喜びで震えそうなのをお茶を飲んでごまかすと、レオンが小さく笑った。

「今日はおまえのほうが疲れているようだぞ。顔も目も赤い」

「これは……大丈夫です」

「無理はするな。月羽は朝から起きているのだろう？　おまえは人間だから睡眠はきちんと取らなければ。もう休みなさい」

「でも、せっかくのお茶の時間なのに……」

「次はもう少し早い時間からにしよう。今日はもう寝たほうがいい」

レオンは立ち上がると、月羽の背後に回った。伸びた髪を掬われ、そっと髪先に口づけられる。服越しにやんわりと肩に触れられると、肌に直接触られたときのような快感がないかわりに、くったりと身体から力が抜けてしまう。

「まだ、起きてられます……」

「声も眠そうになった。連れていってやるから」

いやいや、とかぶりを振ったのに、レオンは苦もなく月羽を抱き上げた。揺るぎない腕で横抱きにされ、月羽は諦めてレオンの胸に身体を預けた。実際、この時間はもう眠いのだ。

「寝ていていいと言ってあるのに、私が出かけると月羽は待っていてくれるからな。婚約者に出迎えられるのはなかなか新鮮だが、尽くしてもらうためにおまえを買ったわけではない」

廊下を歩きながら、レオンは淡々と語りかける。身体に直接響く深い声に、月羽は目を閉じた。

「でも、なにもしないわけにはいきません……だって」

レオンの歩みにあわせて伝わる振動が心地よい。階段を上がっていくゆらゆらした感覚で、あっというまに眠気が強まった。

「……だって、僕、今までで一番幸せなんです……」

独り言みたいに小さくなった月羽の声に、レオンはなにも返さなかった。黙って月羽の部屋に入り、優しくベッドに下ろしてくれる。どこにも力の入らない手足が、羽布団にやわらかく沈み込む。

「幸せだから……レオン様に、お返し、しなくちゃって……」

「こんなささやかな生活で幸せならば重畳《ちょうじょう》だ。——おやすみ」

髪を数度撫でられたところまでは記憶にあった。けれど意識がもったのはそこまでで、月羽は幸せな気分のまま眠りに落ちた。

毎日は満ち足りていて、ともすれば地に足がつかない心地になりそうだったけれど、それを冷静にさせてくれるのは、月羽を嫌っているジェイドの存在だった。

「なんで僕がおまえなんかとダンスを踊らなきゃならないんだ」

月羽の腰をホールドし、ダンスのステップを教えてくれていたジェイドは、ひととおりの動きをさらい終えると、腹立たしげに呟いた。

「踊れるようになったって、どうせおまえなんかドレスを着ても似合わないしね。せっかく王妃にふさわしい、美しい花嫁衣装が用意してあったのに、無駄になっちゃった」

硝子のテーブルに置いてあった薔薇の酒を口にしながら、ジェイドは月羽を忌々しそうに眺めてくる。

「僕は今でも、おまえなんか名実ともに妻人形になっちゃえばいいと思ってるよ。僕だけじゃない、初契りに立ち会った長老たちだってそう思ってるから、ちゃんとした、ふさわしい女性を探しはじめてるんだ。レオンがおまえを選んで喜んでいるのは反対派の連中だけだ」

「反対派？」

びっくりして思わず訊き返すと、ジェイドはおもしろくなさそうに頷いた。

「レオンには、クドルクの中に敵が多い。先代の王がレオンを可愛がって信頼していたし、レオンはとても強いから挑んだクドルクはみんな返り討ちにして王になったけど、クドルクだけの王国をつくる野望を捨ててない一派が残っていて、気を抜くわけにはいかないんだよ。なのに、大事な正妻にわざわざ男娼を選ぶなんて」

ジェイドは悔しそうに顔を歪める。

「どうしてクドルクの王は妻を娶らなきゃいけないか知ってる？　王は最も強くなければならないからだよ。強大なクドルクの中の王になるには、圧倒的な力が必要だ。相手を捻じ伏せるような、問答無用の強さがね」

「でも、レオン様はとてもお強いんですよね？」

「そうだけど、王としてまだまだ強くなれる。そのための妻だよ。クドルクは、魂をわかちあう伴侶とまぐわうことで力を交換し、互いを高めあえるんだ。おまえ、まさか自分が正妻にふさわしい器だなんて思ってないよね？　レオンがおまえに優しいからってつけ上がったりしないでよ」

「――思っていません」

月羽は目を伏せた。こうやってジェイドにきつく言われると思い出す。自分が形式だけの婚約者で、レオンは実際には妻にするつもりなどなく、用がすめば切り捨てられる道具だ、ということを。

どんなに毎日が楽しくて幸せでも、その事実に変わりはないのだ。

（忘れないようにしなくちゃ。僕がどんな立場か）

「僕は、道具でも充分です。レオン様のお役に立てるなら」

自らに言い聞かせるように言う月羽に、ジェイドは可憐な顔をしかめて鼻を鳴らした。

「その口癖、聞き飽きたんだけど。ほんと、腹が立つったら。レオンが選んだのが力も強くて美しい眷属の女性ならともかく、こんな弱々しい、誇りの欠片《かけら》もないような男娼なんてさ」

大げさなほどため息をついて月羽を睨み、ジェイドは窓の向こうに目を向けた。

この地方は晴れの日が少ないそうで、今日も外は曇って寒々しい。九天楼ならばとうに春の盛りを迎えているころだが、この辺りは一年を通して冷涼らしかった。

「レオンが、クドルクを好きじゃないのはわかってるけど――男でいいなら、僕が」

空になったグラスを手に独り言を呟きかけ、ジェイドは唇を噛みしめた。横顔は寂しそうだった。月羽は酒の瓶を取り上げて、注《つ》ぎます、と声をかけた。無言でグラスが差し出されて、月羽は真紅の酒をそこに注ぎ入れた。

「レオン様は、クドルクがお好きじゃないんですか？　クドルクなのに？」

「――うるさいな。おまえなんかお飾りだから、関係ないだろ」

むっとしたようにジェイドは言い、一息に飲み干してグラスを置いた。

「ほんと、早く駄目になって妻人形に堕落して、レオンにも嫌われてくれないかな。そのほうがずっとレオンのためだよ。『レオン様の役に立つなら』って、口先だけじゃないだろうね」

「口先だけじゃないです。本当です」

もう一度踊るつもりか、ジェイドは月羽の腰を抱き寄せて、至近距離から睨みつけた。

「だったら、自分から『抱いて』とせがみなよ。レオンはおまえを愛してなんかいないから、儀式以来一度も抱いてもらってないでしょ」

「――それは……はい」

そのとおりだった。八晩続けて抱かれ、庭で口で愛されて以来、レオンは一度たりとも月羽を抱いていない。触れるのはいつも服越しか、髪だけだった。おかげであの妖《あや》しい疼きを感じずにすんではいるのだが、ときおり寂しく思うこともあった。

レオンとの行為は思い出すだけで身体が熱くなってしまうほどだ。なにかのはずみで思い出し、じわっと性器が硬くなりかけると、勉強に精を出して忘れるようにはしていたけれど。

赤くなって顔を伏せた月羽の耳元に、ジェイドが唇を寄せた。

「可哀想《かわいそう》にね。ずっと放っておかれて、身体が疼くでしょう。我慢しないでおねだりしなよ。レオンが呆れて、やっぱり男娼は妻になどできないって悟ってくれるようにさ。それとも僕が男を手配してやろうか？　おまえみたいな貧相なのでも、退屈しのぎに抱いてみたいっていうクドルクがいるからね」

「……っ、あ、離してくださ……っ」

薄いシャツの上から背中を思わせぶりに撫でられて、月羽は腕を突っ張って逃げようとした。けれど華奢《きゃしゃ》なはずのジェイドはびくともしない。クドルクは見た目よりもずっと力が強いのだ。ぺろりと耳が舐められ、逃げられない、と足を竦ませたとき、離れた場所から鋭い声がした。

「ジェイド、月羽から離れろ」

「言いつけどおり、ダンスの練習をしていただけだよレオン」

平然と言いながら、ジェイドは月羽を解放した。膝から崩れそうになるのを、月羽はぎゅっと胸元で拳《こぶし》を握って耐えた。いたたまれなさで顔が上げられない月羽のもとに、レオンが大股に歩み寄ってくる。

「大丈夫か月羽」

「……はい」

俯いたまま頷くと、肩に手が置かれて、月羽は震えそうになるのをなんとか堪えた。レオンはしっかりと月羽を抱き寄せる。

「イザーク、紹介しよう。私の妻だ」

はっとして顔を上げると、少し離れた場所に、知らない男性が立っていた。がっしりとした体軀《たいく》で、質素な焦げ茶色の服と黒い革の上着に包まれた身体の上には、精悍《せいかん》で男らしい顔があった。彼は月羽と目があうと、にっと笑った。

「これはこれは。初めてお目にかかる」

「月羽、彼はイザーク。私の……友人で、この近くのライカンを束ねている」

ライカンは半分人間で、半分が狼《おおかみ》という種族だ。シルヴァの見せてくれた本には恐ろしい巨大な狼と、粗野な男の姿で描かれていたが、イザークは巨漢ではあるものの、灰色の目は楽しげで、理性的な人物に見える。

「……初めまして。月羽と申します」

あんまり怖くなくてよかった、と思いながら控えめに微笑むと、イザークはまたにんまりした。

「随分と健気そうな奥方じゃないか。赤くなって可愛らしいな。挙式はいつだ？」

「まだ決めていない。数年は先だ」

淡々と答えるレオンにぴったり寄り添うように抱き寄せられているのが、まるで本当の——愛される存在のようで、月羽はどきどきした。そんなはずないとわかっているが、勉強や行儀作法を頑張っているのを認めてくれたレオンが、本当に月羽を妻にしようと考えているように思えてしまう。

そっと窺えばジェイドは、イザークから充分に離れた場所に立ち、苦い顔で月羽とレオンを見つめていた。

イザークは大げさに顔をしかめた。

「数年は先って、またくだらないヴァンパイアの決まりごとか？　面倒だな」

率直すぎる言葉に、耐えかねたようにジェイドが声をあげた。

「クドルクは歴史の長い、誇り高い種族なの。野卑な犬風情と一緒にしないでくれる？」

「ジェイド、黙っていろ。——月羽はクドルクにするには若すぎるだけだ」

イザークはジェイドの悪口を気にしていないようで、なるほど、と大きな口を開けて笑った。

「確かに、まだ少年のような身体つきだな。だが、結婚は早いほうがいい。正妻を娶れば、レオンなら反対派だって捻じ伏せるほど強くなれる。レオンはヴァンパイアだが、我々との約束を守る、信頼に足る男だ。妻を娶るならば喜ばしいよ」

磊落《らいらく》に笑ったイザークはすっと手を差し出した。月羽がおずおずと差し出された手を取ると、貴族の娘にするように、手の甲にキスしてくれる。

「結婚……この場合は婚約か、お祝い申し上げる。いずれ盛大な挙式が行われるのを楽しみにしていますよ」

「ありがとうございます」

とくんと心臓が跳ねた。イザークは、月羽をレオンの妻として認めてくれたようだ。嬉しくなりながら辞していくイザークを見送ると、ジェイドが苛ついた声でレオンを呼んだ。

「信じられない。クドルクの屋敷に犬を呼ぶなんて」

「イザークは犬ではない。人狼だ」

「そういうことを言ってるんじゃないよ。それに、そいつを妻としてほかの種族に紹介する

だなんて、正気なの？」

いっそ悲しそうな顔をして、ジェイドはレオンにつめよった。ほっそりとしなやかな手が、レオンの胸元の服を掴む。

「ねえ、わかってるでしょ？　月羽なんか妻にしたって強くなれないって」

「そうとも限らないかもしれないだろう」

「期待するだけ無駄だってば！　だいたい男だし、大事な子供を産むこともできないんだよ？　身体も小さくて、学もなくて、秀でているところはなにもない、弱々しい男娼だ。クドルクの王と力をわけあう、誇り高い王妃になんてなれるわけない」

「言いすぎだぞ、ジェイド」

レオンはため息をついて、ジェイドの身体を押しのけた。おいで、というように抱いたままの肩を引かれ、月羽は困ってレオンの横顔とジェイドを見比べた。傍を通りすぎる月羽たちを、ジェイドはきっと睨んでくる。

「レオンだって月羽には無理だと思っているから、抱かないくせに。抱けば快楽に溺れて正気を失うとわかってるんでしょう？」

「月羽に負担をかけたくないだけだ。ジェイドこそ、月羽がクドルクの王の妻として適していない、取るに足りない存在だと思うなら、そうやって騒がずに静観していればいいものを、どうしてそう突っかかる？　おまえらしくもない」

レオンが振り返ってそう告げると、ジェイドはぐっと詰まって拳を握りしめた。悔しげな彼を一瞥し、レオンは踵を返して歩き出しながら、月羽を見下ろした。

「屋敷にいるだけでは退屈だろう。今日は曇りで天気もいいから、街に出かけないか」

「街に？」

「昼間だから飛んでいくわけにはいかないが、馬車でもそう時間はかからない。勉強を頑張っている褒美だと思えばいい」

薄く微笑まれ、月羽は急なことに戸惑いつつも頷いた。

「ありがとうございます。嬉しいです」

「支度しておいで。玄関ホールで待っているから」

そっと頭のてっぺんに口づけられ、部屋に送り届けられると、やっと言われた内容が実感できて、月羽はどきどきしてきた。

「お出かけだって。レオン様が、僕と」

夢みたいだ。ご褒美だって、と思うとうきうきと楽しくなる。毎日たっぷりの食事があって、勉強もできるだけで天国のようなのに、その上一緒に出かけようと誘ってもらえるなんて――幸せすぎる。

レオン様は本当にお優しい、と思いながら洗濯したてのシャツに着替え、上着をまとって玄関へと急ぐ。

廊下を進むと、途中でジェイドが待ち受けていた。会釈して通りすぎようとすると、冷ややかな声が投げつけられる。

「いい気にならないでよね。いくらレオンが大事にしてくれたって、おまえが子供も産めない、レオンにはふさわしくない相手だっていうことは変わらないんだから。レオンは慈悲深いから、買った男娼がすぐ駄目になるのを見たくないだけなんだからね」

刺々《とげとげ》しい口調に、弾んでいた気持ちがしゅんとしぼんで、月羽はもう一度会釈して玄関に向かった。

そうだ。忘れてはいけない。結局のところ自分は、かりそめの妻に過ぎないのだから。

玄関ホールではレオンが外套を手に待っていて、「お待たせしてすみません」と月羽が言うと、その外套を月羽に着せてくれた。真新しいそれにびっくりして触れると、レオンはこともなげに言う。

「おまえの外出用だ。寒くて風邪《かぜ》をひいては大変だからな」

「……ありがとうございます」

嬉しいのと同時に、申し訳ないような、悲しいような気持ちがした。

こんなに過分に扱ってもらっているのに、月羽では——本当の意味でレオンの役に立つことはできないのだ。ジェイドに指摘されるまでもなく、月羽自身がよくわかっている。

（レオン様に……していただくの、気持ちがよかったけど、気持ちがいいのは僕だけだし、

あれきり一度もされてないし。血だって、全然吸われてないし――わけあうような力なんて持ってない）

せつない気分になりながら、肩を抱かれて外に出ると、馬車が待ち受けていた。初めて乗る馬車に揺られて三十分ほどで、城壁に囲まれた小さな町が見えてくる。広場まで狭い道を進んでそこで降りると、広場にはぐるりと露店が並んでいて、月羽は目を瞠った。

「すごい、こんなにお店がたくさん……」

小さい町に見えたのに、人も多い。大人も子供も、男性も女性もいて、その喧騒《けんそう》は九天楼の賑《にぎ》やかさとはまったく違った雰囲気だった。

「レオン様、すごいです！　お祭りでしょうか……楽器を弾いてる人が」

初めて見る活気に溢れる街の様子に、月羽は沈んだ気持ちも忘れ、興奮してレオンを振り仰いだ。レオンは目があうと苦笑する。

「ただの週末だ。この辺りはまだ春にならないから、静かなほうだぞ」

「お祭りでもないのにこんなに賑やかなんですね……あっ、猫！　猫もいますよ！」

「猫くらいどこでもいるだろう。まるで外出したことがないみたいなはしゃぎようだな」

くすくすと笑われ、月羽はぱっと赤くなって外套の端を握った。

「すみません、うるさかったですよね。初めてだから、嬉しくて……」

「初めて？」

レオンに怪訝《けげん》そうに訊き返され、月羽は恥ずかしく思いながら頷いた。

「僕は忌み種だから……国では、普通に外出することはできないんです。九天楼に売られるまでは、ほとんど家から出たことがなくて。あの家には忌み種がいる、って知られてしまうと家族も疎まれるから、よその人と口を聞いたこともなかったんです」

「――そうか」

レオンは顔をしかめて頷いたあと、表情をゆるめて月羽の肩に手を置いた。

「ジェイドもシルヴァも、月羽はなにも知らないと言っていたが、軟禁されていたのでは当然だな。これからは、ときどき私と一緒に出かけよう」

「レオン様と？」

「そう、私とだ」

「今日だけじゃなくて、また連れてきてくださるんですか？」

「嬉しいか？」

微笑んで見下ろされ、とくん、と心臓が跳ねた。なんだか涙が出そうになって、月羽は急いで頷いた。

「はい！　嬉しいです……すごく、とっても、本当に、嬉しいです」

どうしよう。自分は妻にはふさわしくない、ただの道具だと言い聞かせていても、嬉しさで胸が熱くなってしまう。

嬉しい、と繰り返すとレオンはまた小さく苦笑して、一度だけ髪を撫でてくれた。

「いい子だな。月羽は甘い食べ物は好きか?」

はぐれないようにか、肩に手を添えて歩きながら、レオンが訊いてくる。月羽はちょっと考えてから頷いた。

「食べられるものはなんでも好きです」

「それはたくましいな」

くすっとレオンが笑い、おいでと月羽を促した。

「今日は寒いだろう。なにかあたたかい飲み物を買おうか」

「ありがとうございます」

レオンのこの優しさに甘えてはいけない、とわかっていても、連れ立って歩くのはやはり嬉しかった。この街では、人々は様々な髪の色や目をしていて、月羽の外見は決して目立つほうではない。むしろレオンのほうが、よっぽど目立っていた。黒ずくめで飾りけのないかっこうだが、背が高く、しなやかな身体つきには風格があって、顔立ちはどこから見ても美しい。

そんな人が、自分を気遣って優しく声をかけてくれることに、改めて不思議な気持ちになる。

こっそり見上げる月羽の視線を気にするそぶりもなく、レオンは広場に面した小さな店に入ると、焦げ茶色のとろりとした飲み物に、ふわふわした白いお菓子を載せたものを買ってくれた。

「マシュマロを溶かしながら飲むといい」

「熱いから気をつけてね」

カップを渡してくれたお店の女性がにこやかに月羽に微笑んで、月羽はどぎまぎしながら受け取った。店で買い物をするのも、見ず知らずの他人に気さくに接してもらうのも、初めてだから緊張してしまう。それに、こんな飲み物は見たこともない。

おそるおそる口をつけると、とろみのある濃厚な液体はちょっぴり苦くて、とても甘かった。溶けかけたふわふわの丸い菓子が口に入ると、舌が痺れるほど甘い。香辛料のような深い香りがあって、あとを引く味だった。

「すごくおいしいです、これ」

「ショコラだ。寒い朝には、これに揚げパンを浸して食べたりもする」

「とっても甘くて、ちょっと苦くて……いい匂いです。こんなの初めて飲みました」

「気に入ったなら、屋敷でも作って出すようにさせよう。メイドが月羽は小食だと言っていたから、気になっていたんだ。食事が口にあわないか？」

「そんな、とんでもないです。一日三回も出てくるし、おいしいです。お茶の時間にはお菓子まであるし、毎回お腹いっぱいになるまで食べてます」

ショコラを冷ましながら飲みつつ答えると、レオンは痛むように目を細めた。するっとまた、頭が撫でられる。

「――娼館では、食事は少なかったのか?」

「そうですね。多くはなかったです。お客様の少ない日はなにもないのが当たり前でした。僕は売れなかったし、元手がかかってるから仕方ないです」

とろとろで甘くて苦いショコラは、カップ一杯飲んだらこれだけでお腹いっぱいになりそうだった。毎日あんなにお腹が空《す》いていたのに、ほんと夢みたい、と月羽は思う。

「レオン様には、本当にすごくよくしていただいて……こんなに甘くておいしいのまで飲めるなんて、すっごく幸せです」

ごくごく飲んだらなくなってしまう。半分ほどに中身の減ったカップを大事に両手で包み込むと、レオンは優しく髪を梳いてくれた。

「冷めないうちに飲みなさい。またいくらでも飲めるから」

「……はい」

こんなに素敵な飲み物を、何回も買ってもらうだなんて贅沢すぎると月羽は思ったが、レオンの気遣いを無駄にはしたくなかった。まだ充分熱いショコラを一口飲んでから、ふっと思いついてカップをレオンに差し出す。

「レオン様も飲みますか?」

「私は飲まない。せっかくのショコラの味が楽しめないようではもったいないからな」

「……あ」

苦笑したレオンに答えられ、月羽は居心地悪く座りなおした。クドルクは血と薔薇以外口にしないと知っているのに、無神経だったと反省する。

「ごめんなさい……いやな気分になりました？」

「いいや」

眉を下げた月羽を、レオンは微笑んで何度も髪を撫でた。

「久しぶりに思い出した。私が子供のころはまだショコラがなかったが、月羽よりも幼い歳のころには、紅茶をミルクで煮出して、甘くして飲んだよ。庭のオレンジの皮を、ばあやが入れてくれて——弟と一緒に飲んだ」

「弟さんがいらっしゃるんですね」

「はるか昔に死んだがな。人間だから仕方ないが、まだ子供のうちだった」

そう言われて月羽はまた申し訳なさに首を竦めたが、レオンは気にしていないようだった。

月羽はしゅわしゅわと溶けるマシュマロをもうひとつ口に入れた。びっくりするくらい甘い味が舌に広がって、それがショコラの苦味によくあっている。濃厚で、苦くて甘くて、こんなにおいしいものが、レオンには味わえないのだ。

血なんか鉄錆《てつさび》みたいな匂いで変な味なのにな、と思いながら、月羽はショコラを飲み終えた。お礼を言ってカップを店の女性に返すと、レオンはまた頭を撫でてくれた。

肌には触れず、髪だけ撫でられるのは、淫靡な熱を生まないかわりに、くすぐったくて心地よい。月羽はレオンを見上げて微笑んだ。

「レオン様に撫でていただくの、嬉しいです」

「撫でられるのは好きか?」

「はい。——レオン様は、変わってると思います。普通男娼の頭は撫でませんもの」

「月羽は私の妻だから、撫でるのも当然だろう?」

レオンは悪戯《いたずら》っぽく笑みをひらめかせ、つん、と月羽の髪を引っぱった。全然痛くない、あやすような仕草にまたおかしなふうに心臓が跳ねて、月羽はそっと胸を押さえた。

さっきから、どうしたんだろう。いやらしい気持ちにはならないのに、レオンと目をあわせたり、髪を撫でられたりすると、胸の奥が熱くなって、どきどきする。

そのせいか、足元もなんだかふわふわした。レオンはそんな月羽を案じてか、ときおり近くに抱き寄せてくれながら、賑やかな通りをのんびりと進む。

気になる店があったら入ろう、と言われて、月羽は窓越しに見える店内の様子や、露店に並ぶ花や小物を眺めながら歩いた。おもちゃや花、本、服に煙草《たばこ》。うさぎや鶏《とり》が元気に動く柵を広げた露店もある。お酒にパンに、菓子や飲み物、色とりどりの鳥を売る店まであって、見ているだけでも退屈しない。

見たことのないねじねじの、砂糖をまぶした揚げパンに目を奪われれば、レオンが買ってくれるし、わからないものがあれば教えてもらえる。春のお祭りのための彩色された卵は、模様も色も可愛くて、熱心に見すぎてお店の人にまで笑われてしまった。

レオンは穏やかに見守ってくれていて、月羽は目新しいものを見つけて振り返るたびに、なんだか息がとまりそうな気分だった。

（天国みたい。誰かと普通に出かけて、歩いたり、買い物したりしてるなんて）

月羽の乏しい語彙《ごい》では言い表せないくらい、幸せだ。このまま死んでしまってもいい、と月羽は思う。死にたいと思ったことはないけれど——幸福すぎると、胸が苦しい。

これが実はただの夢で、目が覚めたら九天楼の狭い相部屋で、空腹で孤独な真夜中だったりするんじゃないだろうか。

夢見心地でそんなことを思っていた月羽は、美しい声でさえずる山吹色の鳥に気を取られ、その露店に歩み寄った。見たこともない綺麗な鳥だ。店主はカナリアというのだと教えてくれ、月羽はレオンに話しかけようとして振り返った。

けれど、レオンはすぐ後ろにはいなかった。

通りの中ほどに立ったレオンは、遠くに鋭い目を向けていた。無表情だが怒りの窺える眼差しに、機嫌を損ねてしまったかと慌てて傍まで戻ると、レオンはぎゅっと肩を摑んでくる。

「すみません……勝手に離れたりして」

「――いや。それはかまわない」

ふっと月羽を見下ろしたレオンは、月羽がしゅんとしているのを見ると表情をやわらげた。

「だが、目の届くところにはいてくれ。見かけないクドルクたちがうろついているようだ」

「え？」

「シルヴァかジェイドから聞いていないか？　クドルクの中には、私が王でないほうがいいと思っている連中もいるのだ」

そう告げるレオンはごく淡々としていた。月羽も見回してみたが、目に入るのは普通の人たちばかりで、クドルクのように異質に見える姿はなかった。

ゆったりと歩きはじめるレオンについて歩きながら、月羽は落ち着いているが毅然《きぜん》としたレオンの顔を見上げた。

「どうして、レオン様が王様だといやな人がいるんでしょう。ジェイド様は、レオン様はとても強いっておっしゃってました。クドルクの中では、力の強い者が王になるんですよね？シルヴァだって、レオン様は正統な手続きと儀式で王になったって教えてくれたのに」

「彼らはクドルクの王国をつくりたいのだ。もうそんな土地も、できるだけの力もないのだがな。隆盛を誇った以前ならいざ知らず――クドルクは数も減ったし、力とて弱まりつつある」

そう言うレオンは他人事のように冷めた声をしていた。

「クドルクの王国をつくり、ほかのナイトウォーカーと人間を支配し地上の覇者となるなど、夢物語に過ぎない。一度試みて失敗した挙句に衰退したのにまだ諦めないとは、クドルクとも思えない能天気さだ。クドルクに限らず、ナイトウォーカーは、いずれ滅びゆく種族だというのにな」

レオンは通りのずっと先、ここではないどこかを見つめているようだった。

「餌でしかなかった人間は火と鉄とで大きな力を手に入れつつある。西のほうでは島ひとつが歓楽街で、鉄と石でできた巨大な建物には夜も灯りが消えないんだ。石炭で動く大きな機械が休むことなく動いて人々の暮らしを快適に保っている。新大陸では電気という新しいエネルギーの研究も進んでいる。夜の闇はやがて消えてしまうだろう。生き延びようと思うなら、争わずに人にまぎれて暮らすしかなくなる」

「クドルクは死なないのに、滅んでしまうんですか？」

問うと、レオンは月羽を一瞥してまた遠くを見やった。

「言っただろう。私たちの愉《たの》しみは血を吸うことだけだ。夜闇が消えれば体力が奪われ、血を吸う機会も失われて、空虚さは加速度的に増すだろう。虚しさに耐えきれなくなれば、クドルクは自らの心臓に杭を打つ」

「杭――」

想像すると寒気がして、月羽は小さく震えた。鞭だって痛いのに、杭が刺さった痛みなんてどれほどだろうか。

「杭に打たれたまま野ざらしになって、陽に当たれば、クドルクは跡形もなく崩れて消える。みじめな最期だろう？　皆はクドルクは強大な、選ばれた種族だと言うが、私に言わせれば呪《のろ》われた種族だ」

嘲笑《あざわら》うような声には最近感じられなかった冷え冷えとした怒りが籠っていて、月羽はレオンの横顔を見上げた。

「レオン様は、クドルクが嫌いなんですか？」

「そうだな。自分自身も含めて——いっそ憎い」

肩に置かれた手に、わずかに力が籠る。

「私が王でいるのは、私をクドルクにした……恩人が、そう望んだからだ。彼のためにも、私はクドルクの存続に努力はする。私自身の子供は残さぬが、人と争わず、ほかのナイトウォーカーとともにひっそり生きていく道を探したい」

レオンはそう言うと月羽を見下ろし、思い出したように微笑んで背中に触れた。

「おもしろくない話を聞かせたな。それより、ほかに気になるものはないのか？　欲しいものがあれば買ってやる」

「いえ……」

首を横に振って、月羽は息をついた。黄色い鳥は可愛かったけれど、籠《かご》の中だけで過ごさせるのは可哀想だ。それに、月羽の立場で鳥を飼うなんて贅沢を通り越してわがままになる。こんなによくしてもらっているのに。

「――僕、妻人形のほうが、いいんじゃないでしょうか」

足を保護してくれるしっかりした靴と、真新しい外套を見下ろして、月羽は呟いた。

「レオン様のお役に立つには、そのほうがいいってジェイド様も言っていたし、レオン様を嫌いなクドルクがいるなら、レオン様はもっと強くなれたほうがいいんですよね。だったら、ちゃんと花嫁を迎えて――僕は使うだけ使って、食べてしまったほうがよくありませんか?」

そう言うと、レオンは深くため息をついた。

「ジェイドが余計なことを言ったな。私は、妻人形のような憐れな存在を作る気はないし、月羽をクドルクにする気もない」

諭すように、レオンは月羽の顔を覗き込んだ。

「街でのおまえは屋敷で見るより数倍は楽しそうだ。やはり、人間は人間の中にいるほうがいいのだろう?」

「――」

「寂しい思いをさせて悪いが、しばらくの辛抱だ。月羽は余計な心配はせずに、今までどおり、勉強に励んでくれればいい」

月羽はなにも言えずに目を伏せた。レオンの声は穏やかで優しく、誠実さが感じられたけれど、だからこそ悲しかった。

(楽しいのは、レオン様が連れてきてくださったからです)

初めての町歩きはもちろん、それだけでも楽しいけれど、誰といても、一人きりでも楽しいかと訊かれたら、きっと楽しくないと思う。レオンが一緒にいてくれるから、楽しいと思えるのだ。月羽を憐れまず、一人の人間として扱ってくれるレオンとともに過ごすのが——楽しい。

きゅっ、と喉から胸が捩れるように痛んだ。

レオンが月羽にくれたものは数えきれないくらいなのに、月羽からレオンに差し出せるものは、レオンが望まずに拒んでしまう。生まれて初めて、胸が苦しいほどの幸せを与えてくれた人に、月羽はなにもしてあげられないのだ。

「……僕も、レオン様のお役に立ちたいです」

悲しくて小声で呟くと、レオンはかがんで視線をそろえた。

「月羽が楽しそうにしているのを見るだけでも、私も懐かしい気持ちになれる」

「——本当に?」

「ああ。最初は期待していなかったが、勉強も頑張っているし、それになにより……おまえは、私に寄り添おうとしてくれる。その心遣いが嬉しい」

微笑みかけられ、額にほんの軽く唇を押しあてられて、月羽はレオンを見つめ返した。子供を慰めるような仕草だけれど——まっすぐ月羽を見つめるレオンの目は、もう底なしの恐ろしいものではなく、奥底に誠実さがひそんでいるのが見える気がした。

「……よかった」

ほっとして、月羽は無意識に、立ち上がったレオンに身体を寄せた。

「僕、レオン様のお役に立てるなら、なんだってしたいです」

クドルクの体温は低くて、分厚い外套越しに寄り添ってもぬくもりはない。それでもあたたかいように思えるのは、レオンの優しさのせいだ。

月羽が頬を胸元にくっつけると、急にレオンが表情を消して月羽を押しのけた。月羽ははっとして一歩退《しりぞ》く。

「すみませんっ……」

(やだ……なんで、僕)

意識しないまま甘えた行動をしたことが恥ずかしくなる。少しばかり大事にされたからといって、道具に過ぎないことに変わりはないのに。

「ずうずうしいことして、ごめんなさい」

俯いて謝ると、レオンが今度は身体を引き寄せてくれた。

「いや。かまわない。悪かった。寒いならもっと寄り添っていなさい」

手はしっかりと抱き寄せてくれたが、レオンの表情は硬く、月羽はいたたまれずに唇を噛んだ。

微笑みかけてくれるレオンを知っているから、厳しい顔を見るのがつらくなるのだと月羽は思った。いつも怖くて乱暴な娼館の主人には、怒鳴られてもこんな苦しい気持ちにはならなかった。

(レオン様は、特別なんだ)

できるなら、レオンにはいつも穏やかな表情をしていてほしい、と月羽は思った。冷ややかな声ではなく優しい声をしていてほしいし、また「月羽を買ってよかった」と言ってもらいたい。

レオンは充分だと言ってくれるけれど、もっともっとレオンの役に立ちたい、と月羽は思った。

役に立ちたいと思うこと自体がおこがましいかもしれないけれど――レオンが月羽にくれたもののせめて半分くらいは、レオンにも満足してもらいたかった。

(ずうずうしくならないように気をつけて……もっと、やれること、やらなくちゃ)

歌や音楽は好きだけれど、披露できるほど上手くはない。性交はレオンが望まないだろうし、ご奉仕するにしても下手くそだ。できることといえば掃除や洗濯ぐらいだったから、月羽は掃除をすることにした。

レオンに頼むと、最初は「そんなことはしなくていい」と言われたが、じゃあお皿洗いでも、と言ったら、レオンは諦めたように苦笑した。

「働き者なのだな。勉強だけでは気づまりだろうし、ほかのことをしたいなら、明日私が出かけているあいだに書斎を片づけてくれ。最近、本棚の整頓《せいとん》をしてないんだ」

「わかりました！」

許可をもらえた月羽は、翌日、張りきって書斎の扉を開けた。

入り口から覗いたことしかなかった書斎は、壁二面が書架になった、落ち着いた色あいの部屋だった。大きな机が部屋の真ん中にあり、ペンやペーパーナイフ、便箋《びんせん》が置かれているが、雑然とした感じはなく、きちんと管理しているのが窺えた。

机の横には長いこと使われた形跡のないレコードのターンテーブルがあって、かけられたカバーも古いが汚れてはいなかった。最近整頓していないと言っていた本棚も、決して散かっているわけではない。床の絨毯も埃《ほこり》ひとつなく、締めきられたカーテンを持ち上げると、窓もぴかぴかだった。

これじゃああんまり掃除するところがないなあ、とがっかりしながら本棚に近づくと、ところどころうっすら埃があるのがわかって、月羽は丁寧にそれを拭いた。

並んだ本はどれも古い。シルヴァと勉強に使っている図書室にあるのは紙も新しいものが多いけれど、レオンの書斎にあるのは表がすべて革張りで、学んだ文字とも違う、奇妙な文字が書かれている本も多い。試しに一冊出してめくってみると、見たことのないざらりとした紙は茶色に変色していて、相当古いものなのだろうとわかった。

（……レオン様、どれくらい生きていらっしゃるのだろう）

クドルクの歴史は古く、シルヴァによれば、今はほとんど眠ったままだが千年近く生きている者もいるらしい。レオンはクドルクとしては若い部類だとシルヴァは言ったが、それでも二百年以上は生きているような口ぶりだった。月羽にとっては気の遠くなるような長い長い時間だ。

この古めかしい本も、同じくらい古いのだろうか。読めたらわかるかもしれないのに、と思いながら本を棚に戻そうとして、月羽は奥になにかがあるのに気がついた。よく見えないが、板のようなものの端が覗いている。改めて見ると棚のその部分だけ、本の背表紙が飛び出して並んでいた。古い本棚だから、後ろが壊れているのかもしれない。

「きっとレオン様もご存じないよね」

直せそうだったら直してみよう、と思い、月羽は十五冊ほど本を抜き取って、ランプを片手に改めて奥を覗き込んだ。

ぼうっと揺れる灯りに照らされたのは、思いがけないものだった。小さな額縁におさめられた肖像画だ。手を伸ばして引っぱり出すと、レオンによく似た男性と、美しい女性が寄り添い、膝に赤ちゃんを乗せている絵だった。

色あせた肖像画は、額縁と絵の一部が焦げていた。それでも、いかにも昔風の豪奢な服をまとった男性と女性は幸福そうだった。男性はレオンよりもいくらか若く、二十五歳くらいに見えた。

（きっとレオン様の若いときの絵だ……じゃあ、この女の人は）

子供も抱いているから二人は夫婦に決まっている。レオン様、昔は結婚されていたんだ、と考えると、ずきりと胸が痛んだ。

二度と誰も愛さないと言っていたレオン。子供を残す気はないときっぱり言い、好きな人はずっと昔に死んだと、淡々と口にしていた横顔。

きっとまだ、レオンはこの絵の二人を……女性と赤ちゃんを、愛しているのだろう。

数百年生きても忘れられないほど愛《いと》しい人を失って、それでもなお生き続けるのはどんなに苦しいか、想像するだけで息がつまった。月羽は泣きたい気持ちになる。

孤独で自分自身さえ憎みながら、レオンはクドルクの王として、つとめを果たしているのだ。

とても悲しい。寂しくて孤独だろうレオンの心も——その心を癒《いや》すことができない、ちっぽけな自分も悲しい。

慰めたくて掃除をしようと思いついたけれど、掃除なんて、レオンの役に立てるどころか、月羽の自己満足にしかならない。

（絵を見るのもつらくて、本棚の奥にしまってあるんだ。元どおりにしておかなきゃ）

涙の滲んだ目元をぬぐって、そうっと絵を棚の奥に戻し、その手前に本を並べ直す。

ほかの本棚も、ほとんどない埃を掃除して書斎をあとにした月羽は、シルヴァを探した。

使い魔だと言うわりに、月羽に勉強を教える以外はだらだらしているようにしか見えないシルヴァは、たいてい明るいサロンで昼寝している。今日も定位置でのびのびと寝ているシルヴァに声をかけると、彼はむくりと起き上がって緑色の目を向けた。

「掃除は終わったのか？」

「ええ、ほとんどちらかっていませんでしたから。それで、庭に出たいんですけど……一人では駄目なんですよね。シルヴァも一緒に来てくれませんか？」

「庭に？」

「薔薇をつみたいんです。書斎に飾ろうと思って」

シルヴァは大きな緑色の目でじいっと月羽を見つめ、小さく首をかしげた。

「月羽、目が赤いぞ。なんで泣いた？」

「……泣いてないです」

「顔だって悲しそうだ。――庭にはつきあうよ」

そう言うとシルヴァは立ち上がった。なめらかな渦を描くように回転するとシルヴァの銀色の体が膨らんで、またたくまに使用人のお仕着せをまとった銀髪の青年ができあがる。彼は外に出て必要な道具を取ってくると、月羽と並んで歩きながら訊いた。

「ジェイドは部屋から出てきてないと思ったけど、嫌みでも言われた？　それで泣いたとか」

「違うんです」

そんなに目が赤いだろうか。涙が零れるのは我慢したはずなのに、と思いながら、月羽は自分の目元に触れた。

「書斎で、レオン様の……ご家族の絵を、見てしまったんです」

「家族の？」

「はい。赤ちゃんも一緒の、小さい絵です。本棚を片づけていて……ごめんなさい」

「ああ、あれか」

シルヴァは納得したように頷いた。

「レオンのいた国はクドルクの戦争に巻き込まれたからね。火事で屋敷が燃えて、残っているのはあの絵だけなんだ。レオンは、家族の中でたった一人の生き残りでね」

「……そう、だったんですね」

ずき、とまた胸が痛んだ。知るほどに、レオンの孤独は深い。彼の見せる無感動な冷淡さの陰には、どれだけ哀《かな》しみがひそんでいるのだろう。

「隠すみたいにしまってあったのに、見てしまって、レオン様には謝らなくちゃと思うんですけれど——謝ったら、かえって思い出させてしまうでしょうか」

「月羽が見ても怒りはしないと思う。どうせレオンは、一日だって自分の家族のことを忘れたことはないしね。——謝りたいから、薔薇を飾るの？」

見下ろされて、月羽は首を振ってから、考えなおして頷いた。

「そうですね。お詫《わ》びの気持ちもあります。でも……レオン様は、きっと悲しいだろうと思ったから、薔薇でお慰めしたいんです」

薄陽の差す庭を進むと、薔薇園が近づくにつれて甘い香りが漂ってくる。いい匂いだけれど、今日はなんだか哀しい匂いにも思えた。

ほどよくひらいた花を選んで、月羽は枝に鋏《はさみ》を入れた。切った薔薇はシルヴァが受け取ってくれて、切って渡しながら、月羽は呟いた。

「レオン様は、ご家族のことを今でも愛していらっしゃるから、本当の妻はいらないんですね」

「そうだなあ」

棘に触れないよう抱えながら、シルヴァは肩を竦めた。

「レオン様は弟も戦争で亡くしたからね。クドルクのことは憎んでいるし、なぜ自分だけ生き残ったのかって、自分を責めてるみたいだな」

「クドルクを憎んでいるのに……どうしてクドルクになったんでしょう。レオン様は、恩人の方がレオン様をクドルクにしたっておっしゃってましたけど」

よく考えたら、クドルクを憎いと言ったのに、「恩人」だなんて変だ。首をかしげると、シルヴァは驚いたような顔をした。

「恩人って言ったの？　レオン様が？」

「はい。お出かけしたときに、いろいろ話してくださって」

「そうかぁ……きっとレオンの中で、いろいろ折りあいをつけたのかな」

感慨深げにため息をつき、シルヴァは薔薇の香りを嗅《か》いだ。

「弟も家族も死んだ戦争はね、クドルクが王国をつくろうとしてしかけた戦争だったんだ。当然、人間なんてかなうわけもなくて、レオン様も瀕死《ひんし》だったらしい。俺は見たわけじゃないけどね。それをクドルクにすることで助けたのが先代のクドルクの王なんだ」

「前の王様――」

「そう。レオン様にとっては命の恩人だけど、どうせなら助けないでほしかったと言って、レオン様は随分先代のことを嫌っていた。和解するまではけっこうかかったよ。クドルクの起こした戦争を終わらせて、人間にそれ以上被害が出ないようにしたあとで、先代は王国をつくろうとした一派を厳しく処分したんだ。それが終わるころにはレオン様も、先代の意思を汲《く》んで従うようになって、今は先代と同じように、人間と、ほかのナイトウォーカーとが、一緒に生き延びていける道を探していらっしゃるんだ」

「……レオン様も、そうおっしゃってました」

月羽が頷くとシルヴァは小さく笑って薔薇を束ね、「こんなもんでいいんじゃないか？」と言ったあとで、広い庭を見回した。

「ここは太陽の出る日の少ない、昼でも暗いことが多いクドルク向きの土地だけど、こういう場所は大陸じゅう探してもそう多くはないんだ。それに、ここ百年くらいで、人間はものすごく増えた。増えたら住む場所や、狩りをしたり畑を作る土地を求めて移動するだろ？昔は人狼がひっそり暮らしていた森も切り開かれたし、魔女たちの村はのっとられて、魔女も人狼も大勢殺されてる。トロールは丘を追われて石になった。主人をなくした使い魔も、たくさん死んだよ」

シルヴァはそれほど悲しそうではなかった。どこか諦めているような、飄々《ひょうひょう》とした調子で「そのうち人間のいない場所なんてなくなるよ」と笑う。

「レオン様は、そういう時代が来ても、俺たちみたいな人間じゃないものも生きていけるようにしたいと考えているんだと思うよ。ジェイドみたいに生まれつきのクドルクだっているし、彼らは好きでナイトウォーカーに生まれてくるわけじゃないからさ。でも、人間と一緒に暮らすっていうのは、言うのは簡単だけど、実行するのは難しい。とくにクドルクは長生きすぎて、同じ場所に長くとどまることはできないから」

「そうか……そうですよね」

普通の人間は百年だって生きられない。年老いることもなければ、すぐに悪魔だと――人間ではない存在だと知られてしまうだろう。

「レオン様は先代の跡を継いだから、こうして屋敷も、人間社会での貴族としての身分も持ってるけど、たいていのクドルクは、隠れて住める場所に住んで、必要なときだけ人間を食って、食った人間の財産を横取りして、それで終わりだったんだよ。そういう大勢のクドルクに、新しい居場所を用意するのは――たいへんだってわかるだろ？」

「はい。わかります」

屋敷へと戻りながら、月羽も空を見上げてみた。薄曇りの隙間から差す陽差しは弱い。月羽は太陽が好きだけれど、クドルクは陽の光の下では人間よりも弱くなって、力も発揮できないのだという。少しでも晴れた日はジェイドは昼間は部屋から出てこない。でも、そんな日でも、レオンは平気で出かけていく。

大切な人を死なせたからクドルクが嫌いで、望まずにクドルクになって、それでも罪のないクドルクもいるのだからと、彼らのために働くことのできるレオンは――とても誠実で、立派な人だと月羽は思う。

(僕なんかじゃ、役に立てないに決まってるけど)

でも、ただの餌としてならまだ役に立つ、とジェイドも言っていた。なんの力もなくても、身体を差し出すことならできる。

薔薇を飾ったら身を清めて、レオン様が帰ってきたら食べてもらおう、と月羽は思った。好きなだけ血を吸ってください、と言うのだ。干からびてしまってもいい。

レオンにはたくさん初めてのことを経験させてもらったし、言いつけどおり何年も漫然とここで過ごしても、そのあとに待つのは別れだ。決して月羽がレオンに愛されることはない。彼の心に住めるのは――永遠に、あの女性だけだろうから。

(僕はもともとかりそめの妻で、道具だもの)

きりきりと締めつけられるように胸が痛んだ。それは寂しさで、寂しく思う自分に、月羽は自分でがっかりした。

あんなに自分は道具だと言い聞かせていたのに、どこかで期待してしまっていた自分が恥ずかしい。もちろん、本当の妻として受け入れてもらえる、と思っていたわけではないけれど、ただの道具よりはもう少しましな存在として、大事にされているような気になってしまっていた。

でも、それは思い上がりで、錯覚だったのだ。役に立ちたいだなんて考えても、あの肖像画の女性の半分も、レオンの慰めにはなれない。

そう考えるとまた涙が浮かんできそうで、月羽は俯いて唇を嚙んで、こみ上げてくる寂しさを押し込めた。

やや疲れた様子で戻ってきたレオンは、月羽が書斎に飾った薔薇を見ると、表情をやわらげて喜んでくれた。

「シルヴァとつんできたんです。……少しは、レオン様の疲れも癒えるかと思って」

「ありがとう。この部屋に薔薇を飾ったことはなかったが、悪くないな」

いい香りだ、と言ってレオンは月羽の頭を撫でてくれ、月羽はてのひらの下からレオンを見上げた。

(ありがとう、なんて言ってくださるの、レオン様だけだもの。平気)

怖くない、と思おうとしても緊張で脚が震える。幻滅されてしまうのではないか、と考えるのも怖かったけれど、嫌われてしまったとしても役に立てるほうがいい、と自分に言い聞かせて、ついさっき、身体を綺麗に洗ったばかりだった。今はただ——レオンに触れられることを想像するだけで、緊張してしまう。

震えた月羽に気づいたのか、レオンが訝しそうに見下ろしてくる。

「どうした？」

「あの……掃除と薔薇の飾りつけ、気に入っていただけたでしょうか」

「ああ。もちろんだ」

「じゃあ」

ねだる台詞を、自発的に言うのも初めてだ。レオン様には初めてばっかり、と思いながら、月羽は懸命に微笑んだ。

「血を、吸っていただきたいんです」

「――」

すっとレオンの表情がなくなって、月羽はびくりとしてしまってから、急いで言い添えた。

「ご褒美に……吸っていただきたくて、頑張ったんです。た、たくさん、吸ってください」

「しばらく性的興奮を覚えている様子はなかったはずだが、急にどうしたのだ。ジェイドになにか言われたか」

見透かすような眼差しに見下ろされて、月羽は首を何度も横に振った。

「違います。ずっと……ずっと我慢をしていたんです。レオン様はしてくださらないだろうと思って。でも、本当は、毎晩でも……していただきたかった、です」

こんなぎこちない言い方では聞き入れてもらえないかもしれない、と歯がゆくて、月羽は手を伸ばしてレオンの服を摑んだ。

「お願いします。気持ちよくなりたいんです。血を吸われて……達きたいんです」

「駄目だ。もう部屋に戻りなさい」

「駄目なら、こうします」

一度は断られるのは覚悟していた。でもそれで引き下がったら、絶対に血を吸ってはもらえないから、あらかじめ決めていたとおりに、月羽は机の上のペーパーナイフを取り上げた。

(だって、僕には身体しか……血しか、差し上げられるものがない。だからできるだけはしたなくおねだりして、呆れてもらって、吸ってもらうんだ)

充分に鋭い刃を持つそれをきつく握りしめて、思いきり引き抜くと、ざっと熱い痛みが走った。見るまに血が滲んでくるてのひらを、月羽はレオンに向けて差し出した。

「血を見たら、食べたくなるんですよね。食べてください。レオン様の好きなだけ、吸ってください」

「馬鹿な真似を……！」

レオンは険しい表情で、月羽の血まみれの手を摑んだ。滲んだ血は膨れ上がっててのひらに溜《た》まり、流れて指のあいだからしたたっていく。レオンは月羽を睨みつけた。

「私を試すような真似はするな」

「……っ」

漆黒の炎が燃えるように、レオンの瞳の奥が暗く揺れている。声も出せないままひくついた月羽の手を、レオンは持ち上げて唇を寄せた。

ひらいた唇のあいだからは長い牙が覗き、咬まれる、と覚悟して月羽は目を閉じたが、襲ってきたのは痛みではなく、ぬるりと血を舐め取られる感触だった。

「……ふ、あっ……ああ、レオン、様……っ」

一瞬の間を置いて、てのひらから胸まで甘い痺れが駆け抜ける。身体から力が抜けて崩れ落ちそうになったところを、レオンが抱きとめて薄く笑った。

「舐められただけでも感じるのか。——本当に、我慢していたのか？」

赤くしなやかな舌が、傷口をくすぐるようにたどってくる。月羽はびくびくと震えながら、必死に頷いた。

「はいっ……はい、我慢してま、した……あ、ふぁっ」

胸が痛いほど早鐘を打っている。舐められるたび伝わる疼きはあっというまに下腹部に集まっていき、月羽は無意識に腰をくねらせていた。

「あ……あ、おなかが、あつ……レオン様……、もっと、吸ってくださ……」

あまり感じすぎては駄目だ、と片隅で思うのに、久しぶりの官能の熱は強烈だった。目的はレオンの渇きを癒すことなのに、我を忘れて身悶えそうになる。

「あっ……う、あ、……吸って、ぇ……いっぱい、吸って、あぁっ」

じゅっ、と音を立てて血をすすられ、激しい目眩がした。けれどレオンはそれで唇を離してしまい、突き放される気配に月羽はレオンの胸元にすがりついた。

「レオン様っ……もっと、してください。首から吸って……ここを咬んで、吸ってください」

首筋がレオンに見えるように頭を傾け、自分でそこを撫でてみせる。

「ここっ……また、咬んでほしいんです……お願いします」

「駄目だと言っただろう」

「いやっ……いやです、してください。そうじゃないと僕、」

ああ、こんなはしたないことを言うなんて、と思いながら、月羽はレオンを見上げた。

「……僕、我慢できなくて、ほかの方におねだりしてしまいます。ジェイド様が、寂しかったら僕を抱きたいクドルクを連れてきてくれるって――」

「月羽」

かっ、と目の色を燃え立たせ、レオンが月羽の腕を掴んだ。

「二度と、そんな愚かなことは言うな。ほかのクドルクになど――」

言ってぎりっと歯を鳴らしたレオンは、月羽を机の上に投げ出すように突き離した。前のめりに机に突っ伏してしまうと、トラウザーズが下着ごと引き下ろされて、月羽は机に爪を立てた。尻に指が食い込んで、左右に大きく広げられる。

「なるほど、確かに我慢していたようだ。垂れるほど濡らしている」

「ああっ……は、ぁっ、あぁ……ッ」

勃《た》ちきった性器がレオンの手に包み込まれて、性急にこすられ、びくんとお尻が持ち上がる。レオンは指で尻を揉み込みながら、孔を確認するように覗き込んだ。

「こっちも、待ちきれなくてひらいたり閉じたりしているぞ」

「やぁっ……あぅ、ああっ……！」

ぬる、と舌が割れ目に這わされて、月羽は慌てて身を捩った。

「それはだめっ……いや、ぁ、ああっ……中、いやぁ……ぁッ」

逃れようとしても、がっしりと摑まれて身体が動かなかった。震えるしかない月羽の窄まりを、レオンは舌でつつき、弄《もてあそ》ぶように舐め回して、中にまで尖らせた先端を差し入れてくる。

「ひぁっ……ん、あ、……っん、あぁ……っ」

ぬっ、ぬっ、と出し入れされ、中を舐められると下腹部が痙攣《けいれん》した。いやなのに、まるでねだるように腰が前後に揺らめいて、指で性器のくびれを締めつけられると、堪えることもできずに射精してしまう。

「あ……ああ……、ふ、ああ……っ」

勢いよく噴き出した精液が机にかかってしまうのを感じたが、射精したにもかかわらず、熱は去っていかなかった。どころか、舐められ続ける孔がたまらなく疼き、お腹の奥のほうが捩れるように熱い。

「あぁ……レオン様っ……おく、おくが……むずむずしてっ……」

「腹の、この奥のほうか？　中から思いきり突き上げてほしいんだな？」

「……あ、はいっ……つ、いてっ……おく、ついてください……っ」

我慢なんてとてもできなかった。感じすぎてはいけない、と戒めていたはずなのに、揶揄うように舌で内部をつつかれて、淫らに腰がくねってしまう。

「いれてっ……犯して……ぇ、もう、おおきいので、ついてっ……」

「不慣れだったくせに、ねだるのだけは一人前だな」

低く嘲笑う声にも背筋がぞくぞくした。月羽はもどかしく腰を突き出した。

「レオン様っ……レオンさまぁ……」

「名前を呼ぶな。──つらくなる」

苦々しい声でレオンは呟いて、月羽の腰を摑んだ。猛《たけ》ったものが取り出され、ねっとりと濡れてしまった月羽の股間にこすりつけられる。たくましく硬い感触に月羽が机に倒れ伏すようにすがりつくと、狙いを定めた先端が突き立てられた。

「──ひ、あ、……は、……あ、ぁあッ……」

一息に中ほどまで突き入れられたようで、瞼の裏でちかちかと光が舞った。内側を押し広げる異物感と、熱い肉杭を穿たれる痛みが、混じりあって快感に溶けていく。

「は、ぁっ……ん、は、……ひ、ぁあ……っ」

太いものが抜けそうなところまで引き抜かれては、また奥へと突き立てられて、ひらかれていく感触に月羽は背中を波打たせた。気持ちがいい。奥を突かれると声が溢れて、身体の中がどろどろに崩れてしまいそうになる。

「はふぅっ……あ、あ、レオン、さまの、お、おきい……きもち、い……です……っ」

自然と自ら腰を前後させながら、月羽はうわごとのように呟いた。

「血も……血も吸って……っ、は、ぁん、あっ、咬んで、……あぅ……んっ」

「──そんなにねだるほど吸われたいか」

「あぁっ……ん、はいっ……あ、吸われ、たいで、……あぁん……っ」

深い場所におさめて揺すられて、じん、と頭の芯まで痺れる。レオンの手はシャツをたくし上げて中に忍び込み、埋め込まれた宝石を撫でて、両方の乳首をぎゅっとつまんだ。

「ひ、んっ……や、ぁあっ……あ、あーっ」

ずきずきと下腹が疼いてレオンを締めつけてしまい、激しい快感でまた目眩がした。達したような衝撃に喘いで、月羽はそれでも言った。

「吸って……、吸って、レオンさまっ……」

「だから、名前を呼ぶなというんだ」

苛立たしげな声がして、怒っていると思うと胸が痛んだ。淫らにねだる男娼はレオンの好みにはあわないのだろう。もう名前は呼ばないように気をつけなきゃ、と思いながら、月羽は突き動かされるまま、尻をくねらせた。

「おねがいしま……す、いきたいっ……吸われて、思いきりいきた、……あ、っ」

すっ、と冷たい指が首筋に触れた。瞬間竦んだそこを、レオンの指が撫でさする。

「ここを、咬んでほしいのだな」

「あ……あ、……あ、」

「いい香りだ。下の口も、私を悦ばせようと吸いついてくる」

耳朶に唇がつけられて、囁きが直接流れ込んでくる。期待にぶるぶると震えて声が出せなくなった月羽に、レオンは小さく笑うと、唇を首筋に押しあてた。

「――あ、ひ、……、あ、あぁ――っ……！」

きつく皮膚を吸われるのと同時、ずくんと深く穿たれて、真っ赤に視界が焼けた。そのまま続けざまに揺さぶられ、月羽は爆発するような絶頂に追い上げられながら、心の奥底で落胆していた。

（吸っても、もらえないんだ……口づけだけ……）

皮膚を強く吸われるだけでもたまらなく感じる。でも、欲しかったのは快感ではなかった。

レオンだけがくれる蕩けそうな愉悦に落ちていきながら、月羽はひと雫、涙を零す。

（レオン様。僕は餌でもいいんです。使い捨ての人形でかまいません。どうしたら、妻人形

にしてくださいますか）

（だって僕は、あなたが――）

「レオ……さま、……ぼく、なん、でも……し、……」

快感に痙攣する身体から力が失われていく。もう一回ねだってみたいのに、と思いつつ、月羽は抗《あらが》えずに意識を手放した。

翌日、甘く重い身体を叱咤《しった》しながら、月羽はシルヴァに「今日も薔薇をつみたい」と頼んだが、シルヴァは猫のまま、器用に申し訳なさそうな顔をした。

「庭に出るのはかまわないけど、薔薇は駄目だ。レオン様が、月羽にはいっさい刃物を近づけないようにって。薔薇も棘があるから触らないようにってさ」

「……そんな」

「昨日、自分で手を切ったんだって？　レオン様怒ってたぞ」

シルヴァに呆れたような目で見られ、月羽は自分の手を見つめた。レオンに舐められたせいか、傷ひとつなく治ってしまっている。

「……怒られても、嫌われても、僕はかりそめの妻より、妻人形のほうがいいです」

ぽつんと呟くと、シルヴァはいやそうに顔をしかめた。

「レオン様にそんなこと言うなよ。あのひと、珍しく月羽には好感持ってるんだからさ」

「……好感？」

びっくりして月羽はシルヴァを見返した。そうだよ、とシルヴァは長い尻尾を揺らした。

「昨日の夜に命じられて、今朝早くから使用人が買い物に行ったんだぞ」

「買い物？」

「うさぎだよ、うさぎ。食用にすんのかと思ったら、月羽は動物が好きなようだから、だってさ。庭にいるよ。見に行く？」

「……じゃあ、行きます」

レオンのために薔薇を用意できないのは残念だったが、わざわざレオンが買ってくれたうさぎには心が動いた。触ったことはないけれど、この前街で見たうさぎはとても可愛かった。

今日は猫のまま月羽と庭に出たシルヴァは、耳をぴるりと振って月羽を見上げてくる。

「庭には、誰かに声をかければ自由に出ていいってレオン様が言ってたぞ。でも庭の端のほうは監視の目が届かないから、行かないようにな」

「わかりました」

「それに、うさぎと一緒にショコラも買ってきてある。揚げパンを作るための砂糖も、イースターの卵も」

「あの、お祭り用の絵が描いてある卵もですか?」

「冗談みたいだろ。クドルク——ヴァンパイアなのにイースター。しかもうさぎ。レオン様以外にもうさぎとか山羊《やぎ》の血を人間の血のかわりに飲むクドルクはいっぱいいるけど、ペットにするクドルクなんて前代未聞だ」

猫でもシルヴァは表情が豊かだ。くるっと目を動かしてため息までついたシルヴァは、全部月羽のためなんだぞ、と言った。

「月羽が寂しがったり、退屈するといけないから、だってさ。本気で婚約者にする扱いみたいで、ジェイドなんか卒倒しそうな顔して、外に出ていったきり帰ってこないくらいショック受けてた」

「でも……それはレオン様がお優しいからです。せっかく買ったから、大事に扱ってくださっているだけで、本当に妻にする気はないはずです。だってもう二度と誰も愛する気はない、って」

「知ってる」

シルヴァは前を向いて頷いた。あそこだよ、と言われて目を向けると、使用人の男が一人、せっせと小屋をつくっていた。簡単な柵に囲われた広いスペースに、白いうさぎが数羽、のんびり草を食《は》んでいる。小屋をつくっていた男は、シルヴァと月羽に気づくと、黙礼してどこかに行ってしまった。

うさぎたちは人懐っこい性格なのか、月羽が柵の中に入ると興味深そうに近づいてくる。月羽はぺたんと座り込んで、寄ってきたうさぎの背中を撫でた。

「……可愛い」

よく動く長い耳も赤い目も、真っ白な毛も可愛らしい。撫でると毛はなめらかで、小さい身体なのにあたたかかった。

シルヴァは器用に月羽の肩に乗り、うさぎを見下ろして「あーうまそう」と呟く。

「食ったらうまそう。食わないけど」

「シルヴァは、基本的には猫なんですね……」

「そうだよ。使い魔だもん。——使い魔だから、マスターには幸せで、強くて、長生きしてもらいたいんだ」

生真面目《きまじめ》なトーンになった声に、月羽はすぐ傍にあるシルヴァの顔を見つめた。シルヴァはうさぎを見下ろしたままだ。

「だから、どういう相手であれ、レオン様に結婚する相手がちゃんとできるのは喜ばしいよ。結婚までいかなくたって、ちょっとでも可愛いとか、大切にしてやろうって思える相手がいるのは、いいことだと思う。クドルクは心が動かなくなったら、あとに待つのは死だけだから」

「聞きました。杭を胸に打つんですよね」

「そう。寂しいだろ。俺が思うに、クドルクはけっこう寂しがり屋なのさ」

ぴるぴるひげを震わせて、独り言のようにシルヴァは言う。

「だから血と薔薇以外に興味がないのに、恋愛はするんだ。それが一番孤独を埋められるからね。……レオン様にとって、月羽がそういう存在になると嬉しいんだけど」

「——僕は」

そんなに大切な存在じゃありません、と月羽は言おうとした。けれど胸がつまって、言葉は途中で途切れてしまった。喉の奥が熱くて、ただ黙ってやわらかいうさぎを撫でる。シルヴァは普通の猫のようににゃーんと鳴いて、ぺろりと月羽の頬を舐めた。

「妻にするなら月羽よりもっとふさわしいクドルクも人間もいると思うし、形式だけの妻を用意する計画には正直反対だったけどさ。立派だからレオン様が好きになるとは限らないから、俺はレオン様がよければ、誰だっていいと今は思うよ。月羽、思ったよりいい子だし」

「それは……嬉しいですけど、でも、妻には向いてないです」

「そうだなあ。向いてはいないよな。たぶん、俺以外で賛成する仲間もいない」

シルヴァはぺろりともう一度頬を舐める。「でも、実際レオン様は、月羽のことは気に入りつつあるんだ。わざわざうさぎなんか飼うくらい」

「……」

それはきっと違う、と月羽は思った。だって昨晩、レオンは怒っていた。名前を呼ぶなと言われたことは覚えているし、血だって吸ってはもらえなかった。妻として愛してくれる気持ちもない上に、妻人形として使うことさえ、拒まれたのだ。

黙り込むと、シルヴァは今度は尻尾を使って、頭を撫でるように触れてくる。

「レオン様は、クドルクになってからずっと、いつ死んでもいいと思ってるんだ。でも、レオン様は死ぬにはまだ若すぎる。もし、月羽が自分を傷つけたり、死んでしまうようなことがあったら、レオン様は落胆して、今よりももっと生きていたくなくなっちゃうと思うんだ。だから、月羽は、自分を大事にしてほしい」

「……シルヴァは、レオン様のことよくわかるんですね」

「それは使い魔だからね。使い魔は主人の一部だから」

笑ってまた尻尾で頭を撫でてくれる感触が、たしかにレオンの撫で方と似ている気がした。

「自分で自分を傷つけるのは禁止だからな」

「……」

禁止と言われても、ただ与えられて幸せな思いだけ味わうのはいやだった。でも、シルヴァも案じてくれているのが伝わってきたから、月羽は頷いた。

「わかりました。でも……僕もレオン様に、なにか恩返しがしたいんです」

「恩返しなんて、レオン様は望んでないよ」

「それもわかってますけど、でも……僕、今までにないくらいレオン様によくしていただいて、すごく幸せなんです。すごく……本当に、すごくです」

　そう言うと、シルヴァはまた尻尾で頭を撫でてくれた。

「じゃあ、また勉強を頑張ったらいいよ。月羽が一生懸命勉強してるの、レオン様喜んでたから」

　そんなことでは足りないのに、と月羽は思って俯いた。きっと、月羽の味わったあの幸福感が伝わっていないのだ。死んでしまってもかまわない、と思うくらいの、胸が苦しくなる幸せな気持ちが。

「――だったら、もっともっと本が読みたいです。もっといろんなことが知りたい……レオン様のために」

「いいよ。戻ろうか」

　シルヴァがほっとしたように言い、月羽はうさぎをそっと膝から下ろして立ち上がった。草を食べていたうさぎも「もう行くの？」というような顔で見上げてきて、また明日ね、と手を振る。

　こんなに愛らしいうさぎをわざわざ買ってくれるレオンを思うと胸が締めつけられた。月羽を拒むのに、どこまでも優しくしてくれるだなんて――困る。

　レオン様が帰ってきたら、せめてお茶を淹れて差し上げよう、と思いながら本を読んで過ごした月羽は、夜、彼が戻ってきたと使用人に教えられ、玄関まで出迎えに急いだ。

小走りに階段を下りて向かうとレオンの姿が見え、おかえりなさい、と声をあげようとした月羽は、彼が一人ではないことに気づいて口を閉ざした。

レオンと向かいあって話をしているのはジェイドだった。二人は連れ立って戻ってきたようで、そのままサロンへと移動して話を続けた。二人とも真剣な表情で、きっとクドルクの王としての仕事に関することなのだろう、と思った月羽は、邪魔にならないよう離れた場所にそっと佇《たたず》んだ。

レオンが書類を取り出して、ジェイドと二人でそれを見ながら話している。弟のようなものだとレオンは言ったけれど、それ以上に王の片腕として大事に思っているのだろう。レオンの不在中に使用人に命令を出すのは、すべてジェイドの仕事だ。

僕では仕事の役にも立てないものね、と寂しく俯くと、後ろから使用人が声をかけた。

「月羽様、こちらをどうぞ」

「僕に？」

「まだ仕事で時間がかかるから、月羽様はこれを飲んでおやすみになるようにと、レオン様からのお言いつけです」

小さなトレイで差し出されたのは、白いカップに入ったショコラだった。湯気を立てているカップを礼を言って受け取った月羽は、ぐっと喉がつまるのを感じた。

一度たりともこちらを見ないレオンに、おまえは不要だから、と言われている気がした。

ショコラで喉をふさぐものを押し流してしまおうと、一口飲んでみたが、それはレオンと一緒に飲んだときの半分もおいしくは感じられなかった。

そっと窺えば、レオンはまだジェイドと話している。月羽はのろのろとショコラを飲み終え、諦めて書斎の前で待つことにした。

せめて一言、おかえりなさいと言って、ショコラとうさぎのお礼くらいは伝えたかった。

扉の前で三十分ほども待つと、やがて人影が近づいてきて、はっと顔を上げた月羽は、それがジェイドだと気づいて顔を曇らせた。

ジェイドも露骨に顔をしかめる。

「こんなところでなにしてるの」

「レオン様に……うさぎとショコラのお礼をお伝えしたいと思って」

「お礼なんかいつでもいいでしょ。レオンは忙しいんだ。それともそんな些細《ささい》な用事でレオンの邪魔をするつもり？　甘やかされてるからっていい気にならないでよね」

きつい口調に、月羽は返す言葉もなく俯いた。――甘やかされている、と言われたら、そのとおりだった。

「レオンはまだ仕事が残ってるから、邪魔しないで」

冷たく言ってジェイドは書斎に入っていく。月羽は唇を噛んで、とぼとぼと引き返した。

諦めきれずに行ってみたサロンにはレオンの姿はなく、使用人がテーブルを片づけていて、聞けば彼ももう書斎に戻ったと言われた。

つまり、レオンは月羽と顔をあわせないように、わざわざ外から書斎へと入ったのだろう。そこまで避けられているのだ、と思うと胸が締めつけられて、ちょうどいい、と月羽は自分に言い聞かせた。

嫌われて呆れられたなら、妻人形にしてもらえるかもしれない。

やっぱり、ほかに方法はない。

「シルヴァには、ごめんなさいって言わなくちゃ」

もう自分を傷つけるような真似はしない、と言ったけれど、どう考えたって、身体や血を捧げる以外に、レオンの厚意に報いる方法が、月羽にはわからない。

月羽だって、できることならもっと違う方法で役に立てたら一番だと思う。

でも——月羽にはなにもない。やっと文字が書けるようになったばかりで、知らない単語のほうが多いから読める本もまだ少ない。お金も教養も、生まれつきの気品も、クドルクのような美貌も、男性を喜ばせる技さえない、安い疎まれ者の男娼だ。簡単ではないらしいレオンの仕事を手伝うことだって、月羽にはできない。

月羽は部屋に戻ると、昨日と同じように身を清めた。孔まで念入りに洗って、すぐにほぐれるように指で弄っておく。そうして、レオンがいつも休憩を取る午前三時になるのを見計らって、月羽は自身を両手で扱いた。レオンにしてもらうのに比べたらちっとも気持ちよくないけれど、快感を覚えた身体はちゃんと反応し、しっとり濡れて大きくなる。

服の上からでもわかるほど硬く育ててから、薄手の服に着替えて、月羽は書斎に向かった。

ノックをすると、ややあって扉が開き、表情を消したレオンが顔を見せる。書斎の中にはすでにジェイドはいないようだったが、足元には猫のシルヴァも顔を覗かせていて、月羽はざわりと胸が騒ぐのを抑えつけて、無理に微笑んだ。

「お仕事、もう終わりましたでしょうか」

「……ああ。終わったから、月羽はもう休みなさい」

「それでしたら、今夜も、抱いていただけませんか」

硬い声で月羽を追い払おうとするレオンをじっと見上げると、レオンは不愉快そうに眉をひそめた。

「昨日のでは足りなかったと？　気がまぎれるようにいろいろなものをそろえさせたはずだが」

冷ややかに見下ろされ、月羽はざっくりと胸が切りつけられたように感じた。優しさで用意してくれたと思っていたうさぎや菓子は、月羽がいやらしい振る舞いをするのを防ぐためだったらしい。

本当に呆れられてしまったんだ、と思うと気力が萎えてしまいそうになったが、月羽は思いなおして首を横に振った。これでいい。呆れられでもしなければ、血は吸ってもらえない。

血を吸ってもらわなければ、役に立てないのだから。

「足りません。レ……ご主人様に、どうしても血を吸っていただきたくて」

名前を呼びかけて急いで言い直し、月羽はさらに重ねた。「おいやでしたら、僕がご奉仕してもかまいません。下手ですけど……一生懸命しゃぶるので、気に入ってくださったら、少しでいいから血を飲んでください」

「断る」

きっぱりと、レオンは言った。反論を封じ込めるような、きつい語調だった。

「月羽も、欲情したからといってねだるのはやめなさい。私にだけでなく、ジェイドにも、もちろんほかのクドルクにもだ。どうしても我慢できないなら、自分で慰めるように。一人で果てるだけなら、好きなだけ耽《ふけ》ればよい」

故意にか、貶《おとし》めるような口調で言われて、かっと顔に朱が上る。恥ずかしさに身を震わせた月羽は、それでも自分の股間を指し示した。

「見てください……していただきたくて、もうこんなです」

服を押し上げる性器が存在を主張する月羽の下半身を一瞥したレオンは、やるせないように大きくため息をつく。

「これ以上溺れれば、おまえは人でいられなくなるぞ。死にたくはないんだろう？」

ぐい、と身体を押し出されそうになり、月羽は足に力をこめて逆らった。

「かまいません。お役に立てるなら」

「――どうしておまえは、そうやって投げ出そうとする」

レオンは苦々しい顔をした。

「街ではあんなに楽しそうにしていただろう。ああして喜びを味わえるなら、死んでもかまわないなど、簡単に言うものではない」

「だって、レ……ご主人様が、連れていってくださったからです」

物欲しげに見えるよう、月羽は身体をすり寄せた。

(簡単に言ったわけじゃないです。レオン様が、たくさん僕に嬉しいことを教えてくれたから、どうしても報いたい)

「生まれて初めて……いやらしいことをして気持ちよくなれるって教えてくださった方に、優しくされたら、誰だって、嬉しいです。だから、我慢ができなくなってしまったんです。どうぞ……」

(どうぞ僕に呆れて、妻人形にしてしまおうって、思ってください)

「――どうぞ、お情けをくださいませ。たっぷり可愛がっていただきたいです」

男娼でよかった、と月羽は思った。ねだり方だけならたくさん教えられた。いつも言えても身体が反応できず、台詞だけでは可愛げがないと言われることが多かったけれど、今は自然と身体も淫らにうごめくから、媚びを売っているように見えるだろう。

レオンはひときわ眉根を寄せ、低い声を押し出した。

「では、二度とおまえには触れないようにしよう。妻人形を作る気はないと言っただろう？ おまえだけでなく、ほかの誰でも同じことだ」

「……」

「私は誰も愛さないのと同時に、あらゆる喜びを享受するつもりもない。血を吸う快楽も性的興奮も同じだ。――これからは、薔薇も飾るのは控えたほうがいいな。自制心を保てないようなものは切り捨てねば」

「でもっ……」

ふっと顔を背けられ、月羽は思いきって手を伸ばした。振り払われるのを覚悟で、レオンの腕に触れる。

「でも……っ、僕が勉強を頑張ったら嬉しいって、言ってくださったのに」

「今は反省している。おまえが街ではしゃぐのを見て、微笑ましい気持ちになったのも許されないことだった。それでおまえがなにか勘違いしたなら謝ろう」

「……謝ってほしくなんかないです。許されないだなんて、そんなこと……」

レオンは自らに厳しすぎる。月羽が声を震わせると、レオンは目を眇《すが》めて月羽を見た。

「私は罪を犯したからだ。愛する者が死んだときに、私もとどまって死ぬべきだった。生きていたいなどと思わずに」

「──」

「罰としては、クドルクの身は最適だ。灰色で喜びがなく、無駄に長くて苦痛だからな」

苦く笑うと、レオンは月羽の顎《あご》をとらえて持ち上げた。唇が重なって、荒々しく口の中がかき回され、月羽は感電したように身体を跳ねさせた。

「っは、ひ……は、……ぁっ」

「これでいいだろう。あとは自分で処理しろ」

冷淡に告げて、レオンは力を失った月羽の身体を廊下に追いやると扉を閉ざした。閉まってしまう間際、シルヴァが憐れむような目をしていたのが焼きついて、月羽は頑丈な木の扉にすがるようにして膝をついた。

憐れまれても呆れられても、これしかないのだ。

「……っ、ふ、……あ、……っ」

レオン様、と呼びそうになって息をつく。口づけられた唇はだらしなくひらいて、唾液がしたたっていた。落ち着かなくこみ上げてくるもどかしさに逆らわず、月羽はその場で股間をくつろげる。露わにするのも待てずに、手を突っ込むようにして自身を握り、性急にこする。

こすりながら、月羽は扉に顔を押しつけた。閉ざされた扉はそのまま、レオンの意思を表しているかのようだった。月羽を拒み、遠ざけている。耳をすませば中からはかすかな旋律が聞こえてきて、月羽は泣くとも笑うともつかない表情になった。

(綺麗な、音楽……聴いてもなにも感じないっておっしゃってたのに)

波紋がいくつも重なるように、軽やかで涼しい音が連なって響く。好きでもない音楽をかけるのは、月羽のみっともない自慰行為の音を聞かないようにするためだろうか。

「……っ、ん、……ふ、あ……っ」

みじめだ、と思うのに、手はとまらなかった。血を吸ってもらうための口実のはずだったのに、本当にレオンに触ってほしくて、自分で扱くだけで腰が動いてしまう。レオンに抱かれるようになってから大量に出るようになった汁がくちゅくちゅと音を立て、それにあおられるようにしてなおもこすると、ほどなく波が訪れた。

「ん、……は、ぁっ……っあ、……ぁ……っ」

白い淫らな体液で下着を汚しながら、月羽は扉に身体を預けて目を閉じた。

(どうしたら、餌みたいに扱ってくれるんだろう。もっと乱れて淫らになって、幻滅するくらい呆れられたら、ただ捨てるのももったいないから食べてしまおうって、思ってくれるだろうか――)

満たされずに過ごしているからだろうか。体内にくすぶった微熱は、日が経っても薄れることがなかった。むしろ、レオンの姿を遠目に見かけるだけでも強まって、月羽をいたたまれなくさせた。

（どうしよう……本当に、妻人形になっちゃう……）

あれから毎夜、月羽はレオンの書斎に出向いては、ねだることを繰り返していた。冷淡に拒まれるたびに、本当に欲情していると示すために、扉の前で自慰をする。書斎の中からは常に音楽が聞こえ、拒まれている、と思うと複雑な気持ちになった。

拒んでくださるのは、まだ月羽をかりそめの妻として、道具として使いたいと思っているからかもしれないと思えば、嬉しくなる。

拒まれるのは、心の底から月羽に呆れているからで、明日にでも屋敷を放り出されてしまうかもしれないと思えば、不安になる。

揺れ動く気持ちのままで自らを慰めると、射精はたやすかったが、あとには苦い気分とやるせなさと、消し去れない熱が残った。

今も、じんじんと痺れる尻がもどかしい。耳には冷ややかなレオンの声が残っていて、思い返すと耳の中までが快感を覚えてぞくぞくする。じっとしているとおかしくなりそうで、月羽はこっそり庭に出て、うさぎの小屋に向かった。

気温は相変わらず低いが、それでも屋敷に来たころよりはずっと暖かくなった。柵の中でのんびりと遊ぶうさぎたちにまじって草の上に座り込むと、春の息吹《いぶき》が感じられて気持ちがよかった。

寄ってくるうさぎを撫でながら、うさぎの体温なら平気なのに、と月羽は思う。あたたかいと思っても、気持ちがいいと思っても、性器が硬くなったりしない。なのにレオンのことを考えると、視線や声を思い出すだけでも、呆気《あっけ》なく勃起してしまうのだ。心臓はどきどきするし、胸は苦しくて息がうまくできなくなる。

顔が熱くなるのは、はしたない自分の反応が恥ずかしいせいだと思うけれど、まるで病気みたいで、少し怖かった。

でも、これでいいはずだった。妻にしてもらえないなら妻人形でいいのだから、身体がいやらしく変化してしまっても、計画どおりのことだ。問題はただひとつ、レオンに拒まれていることだけ。

このまま血も吸ってもらえず、自分だけが淫らに堕落していったらどうなるのだろう、と考えてしまってから、月羽は首を横に振った。どうなってもよかった。

「……でも、できたら、最後にもう一回だけ、レオン様に髪を撫でていただきたかったな……」

月羽は寂しさを紛らわそうとうさぎの耳を撫でた。最初に書斎の扉の前で自慰をしてから十日あまり、あれ以来レオンは月羽の近くに来ようとはしない。月羽がどうしても会いたくて窓から窺っているときに、庭に下りてくる姿がこっそり見られるだけだった。

ため息をつくと、うさぎがひこひこと鼻を動かして、膝によじ登ってくる。やわらかい鼻先が押しつけられて、月羽は小さく笑った。

「優しいね。慰めてくれるの？」

そっと抱えて目を閉じると、眠ってしまいそうだった。最近、レオンにおねだりをするために、夜はずっと起きているから、昼間がとても眠いのだ。春風の心地よさもあいまって、ついうとうととしかけて、月羽は聞きなれない音に気がついて目を開けた。

がさがさと茂みを獣が通り抜けるような音と、なにかが振動するような低い音。それから、切羽詰まったような荒い息遣い。

「誰……？」

びくっとして振り向いて、月羽は息を呑んだ。少し離れた場所に植えられた薔薇をなぎ倒すように飛び出してきたのは、巨大な黒い塊だった。跳躍し空を遮ったその塊に、爛々《らんらん》と燃える赤い目と、大きく裂けた口があるのを見て取って、月羽は咄嗟《とっさ》に背を向けた。

なにか大きな獣だ。せっかく買ってもらったうさぎを獣に食われてしまうわけにはいかない。うさぎを抱き、立ち上がって逃げようとする月羽の足元から、怯えたほかのうさぎが四方に逃げていく。それを追うように数歩走ったところで、背中に衝撃が走り、月羽は身体を丸めて倒れ込んだ。

痺れるような痛みが身体を貫く。だが、直撃は免れたようで、動けないほどではない。抱いていたうさぎを傷つけないよう離してやり、月羽は痛みに顔をしかめながら身体を反転させた。

「――！」

すぐ間近まで、大きな顔が迫っていた。だらりと垂れ下がった舌と大きな牙の奥から、獰《どう》猛《もう》な唸《うな》り声が響く。嚙みつかれる、と左横に逃げようとして、月羽はそちらからも同じ獣が近づいてくるのに気づいた。左側からだけではない。右からも、前にいる一頭のさらに後ろにも、月羽の倍はありそうな巨大な――狼がいた。

長毛で覆われた巨大な狼の群れに、さっと血の気が引き、月羽はもう一度立ち上がろうとした。それを遮るように一頭の狼が前足を振り上げる。巨大な爪が見え、間に合わない、と思った月羽は、腕を上げて身体をかばった。

上げた腕に嚙みつかれるのを覚悟した瞬間、きゃいん！　と犬の悲鳴のような声があがる。悔しげな唸り声が響き、月羽はそろそろと目を開けた。

黒い壁のように外套が翻っていた。狼と月羽を遮った背中から、鋭い声が飛ぶ。

「イザークも認めた振る舞いか、これは」

苦しげな悲鳴と唸り声が混じって聞こえ、月羽は座り込んだまま身体をずらした。

「クドルクの跳ね返りが人狼の縄張りで人間を襲った件なら、イザークと話しあいはついている。これがおまえたちの勝手な振る舞いならば、今回はこちらにも非があるから、見逃してやらないこともないが——襲った相手が悪かったな」

立ちはだかったレオンは、片手で狼の喉元を摑み、宙吊りにしていた。空中でもがきながらヒィン、と息絶えそうな声をあげた狼を、彼は無造作に投げ捨てる。ぎゃん、と鳴いた狼は、転がって仲間の後ろに隠れてしまう。

「帰ってイザークに報告しろ。俺たちはクドルクの王の婚約者に手を出しました、とな」

圧《お》され気味だった狼たちは、その冷酷な声で完全に戦意を喪失したようだった。無理もない、と月羽は思う。狼は四匹もいるのに、レオンは——たった一人で後ろに月羽をかばっていても、放つ気配が圧倒的に違っていた。

狼を殺《あや》めようとすれば一瞬ですんでしまうのだろう、と思わざるをえないような——なにもかも呑み込む夜闇そのもののようなオーラを、レオンはまとっている。

じりじりと後じさった狼たちは、やがてぱっと身を返して、高く跳躍して薔薇園の向こうへと消えていった。どこかで鳥のはばたく音がして、ようやくレオンが振り返る。

「あ……」

鋭い眼差しに晒され、月羽は喜びと同時にいたたまれなさを覚えた。

「ごめんなさい……ありがとうございい、」

「なぜ、黙って外に出た？」

遮って鋭く問いただされ、月羽はひゅっと息を呑んだ。庭に出るときは誰かに声をかけろと言われていたのに、今日しなかったのは、火照りを持て余していたからだ。一人になりたくて、そっと抜け出したのだった。

「すみません……逃げるつもりじゃなくて」

「――誰もそんなことは言っていない」

レオンはひどく苛立たしげに言い、月羽の腕を摑んだ。

「私が窓から見つけたからよかったが、私が不在で、誰も気づかなかったらどうするつもりだったのだ。こんな……傷をつけて」

吐き出すように言われ、もう一度謝ろうとすると肩に担ぎ上げられて、月羽は身を硬くした。

「大丈夫です、歩けますっ……背中も、そんなに痛くありません。鞭で慣れていますし」

「黙っていろ」

荷物のように担がれて冷たい声を出されて、月羽は唇を嚙んだ。声も聞きたくない、ということだろうか。身体が揺れたが、つかまってはいけない気がして、レオンの肩で拳を握りしめる。

大股で屋敷に戻ったレオンは、月羽をサロンの長椅子の上にうつぶせに下ろした。月羽は起き上がろうとしてレオンに押さえつけられ、そのままびりびりと服を裂かれてしまう。

「やっ……レオン様っ……」

「じっとしていろ。今治す」

剝き出しになった背中に冷たい指が触れ、月羽はこんな状況なのに甘く湧き上がる快感に目を見ひらいた。顔を上げれば取り囲むように集まった使用人と一緒にジェイドと人型のシルヴァもいる。見られてしまう、と思うと羞恥が襲ってきて、月羽は逃れようともがいた。

「手当てなら自分でっ……あ、……っ、！」

ひりつく痛みを訴える背中に、ぴったりとレオンの唇が吸いついて、溢れかけた声を懸命に呑み込む。だめだ。今さらかもしれなくとも、なにも考えられないほど乱れるさまをジェイドたちに見られるのはいやだ。

(だって、きっと我慢できない)

「レ……ご主人、さま、許し……っ、ぅ、」

あたたかくぬめった舌が裂傷に触れて痛みが走る。痛いのに、同時にまぎれもない快感が背中から広がって、頭の芯が痺れた。はからずも血を飲んでもらえるのは嬉しいが、このまま続けられたら壊れてしまう、と月羽は思った。

「い、やぁっ……あ、……っん、……ぅ、っあ、……っ」

堪えようときつくクッションを握りしめ、物欲しげにくねりそうな身体に力を込めようとする。そこに、「レオン様」とシルヴァの声がかかった。

「イザークが来た。どうする？」

「──通して、待たせておけ」

凍るような声で告げ、レオンは再び月羽の背に唇を落とした。今度はウエストの辺りに手が添えられて、月羽はたまらずに身を捩る。

「さわっ、たら……あっ……あぁ……っ、ん、く……ぅ、」

愛撫されたわけではないのに、触れられた腰の奥が甘ったるく重くなった。必死にクッションに噛みつくと、重たい足音が近づいてきて、月羽はいっそう身を硬くした。きっとイザーク様だ、と思うといたたまれない。

「んんっ……んふ、……っ、は、あっ……んぅっ……」

レオンは無言のまま舌を這わせ続けている。傷の下から上へ、細かく裂けたところをひとつひとつ丹念に舐め取られ、滲んで流れた血が清められていく。不規則に傷が深くなった場所で月羽が痛みに震えれば、優しく肌を撫でられて、月羽は目の奥が熱くなるのを感じた。

気持ちがよくて、泣きたかった。呆れ果てている道具でも、傷を治してくれようとするレオンの心遣いと、治療なのに我を忘れて先をせがんでしまいそうな自分の浅ましさがあまりにかけ離れていて、泣きたくなる。

「う、ん……は、っあ、……あぁ……っ」

静かな空間に月羽の喘ぎだけが響き、月羽は悶えながら尻を上げた。そうしないと、長椅子に押しつけられた性器が身じろぐたびにこすれて、達してしまいそうだった。このかっこうもみっともない、と思ったが、どうしようもなかった。

と、腰を摑んでいたレオンの手が、抱えるように腹に回される。大きなてのひらに腹を包まれて、月羽はびくんと跳ねた。

「あぁっ……だめ、おなかは、……あ、アッ」

わずかに撫でられただけで、臍《へそ》の奥がずぅんと熱くなった。内部に雄々しいレオンを受け入れたときの熱が蘇り、傷をすすられる感触がひときわ強烈に神経を焼く。

「や、ん……っはなし、て……い、いってしまいま……あ、ぁッ」

かぶりを振ると長くなった髪が揺れた。肩や首筋に自分の髪が触れるのにさえ感じてしまい、月羽はクッションに額を埋めた。

「ごめんなさっ……ゆるし、て、あ、ふぁあっ……」

妄《みだり》がましく腰が動く。レオンはなおも背中を舐め、まるで促すように音を立てた。ぴちゃ、ぴちゃ、と舌でくすぐられると腰骨までぞくぞくして、下着の中で濡れそぼった性器がずきずきと痛む。

下半身が着衣のままなのは唯一の救いだったが、達するのはもう我慢できそうもなかった。せめてみっともない声はあげないようにと月羽は手で口を押さえた。きつくふさぎ、目を閉じたところで、レオンの手がやんわりと腹を撫でて、唇が背中から離れた。

一瞬、終わったのか、と気が抜けた途端、うなじにひたりと唇がつけられて、びぃん、と身体がしなった。神経を直接つま弾かれるような衝撃に、背が反り返る。

「ッ……、――――っ!」

どくん、と勢いよく射精しながら、月羽は何度も痙攣した。吸いついたレオンの唇は離れていかず、絶頂感は長く尾を引いた。疼きをともなう射精が終わっても、追い上げられた身体は麻痺《まひ》したように言うことを聞かず、ひく、ひく、と何度も震えてしまう。

「……っ、は、……あ、……っ、……ぁ」

ぐったりと脱力した身体は、レオンが手をどけると長椅子に崩れ込んだ。

「ご覧のとおり、我が花嫁が貴公の仲間のせいで傷を負った」

立ち上がったレオンは、なんの熱も感じさせない低い声をしていた。イザークは苦渋に満ちた声で「わかっている」と応える。

「相応の処分はしよう。本当にすまなかった。うちの村を襲ったクドルクがなかなかつかまらないのに、若いのが焦れたんだ。婚約者殿に傷をつけたのはとくに若くて、兄思いでな。――殺されたのは、彼の兄の恋人で、兄のかわりに仇《かたき》を討とうとした」

「それについては詫びるし、気の毒だと心から思う。だが、取り決めをした以上、私の身内を傷つけるのは許しがたい」

「お望みなら、実行犯は全員引き渡す」

イザークの声は苦しそうだった。対して、レオンは残酷な冷たさでわずかに笑った。

「八つ裂きにしても足りぬ」

「……っ、だめ、」

月羽は言うことをきかない身体を起こして、破けた服で隠すように腕を身体に巻きつけた。汗ばんだ顔はまだ熱く、いっせいに視線が集中すると、恥ずかしさでぼうっとしたが、月羽は「駄目です」と言った。

「僕が勝手に庭に出たのがいけないんですから……そんな、八つ裂きだなんて」

「だが、非は手を出してきたライカンの側にある」

月羽に以前見せていた穏やかさが嘘のように、レオンの表情は酷薄だった。睨むように見下ろされて、月羽は口ごもりそうになりながら言った。

「でも、レオン様とイザーク様はお友達じゃないですか。友達の……仲間を殺したりしたら、あとできっと後悔なさいます。僕なら、全然平気です。傷は治していただきましたし――その、みっともないところをお見せしましたけど、僕が庭に出なければ、襲われることもなかったんですから」

イザークが居心地悪そうに身じろぎし、レオンはしばらく黙っていた。感情の窺えない無表情を、月羽はじっと見つめた。

やがて、レオンのほうから視線が外される。

「では処分はそちらに任せよう。口出しはしない。縄張りを侵したクドルクについては、我々の中での処罰方法として、ライカンに引き渡すのは変更しない」

「ありがたいが、本当にそれでいいのか。これは個人の問題ではないだろう」

「――我が奥方の言うことだ。今回は受け入れる」

レオンが興味が失《う》せたような声で言い、イザークは複雑な顔をしたが、結局頷いた。

「ではこちらで対処しよう。我々は我々の規範があるから、なんの罰もなしというわけにはいかないが……」

イザークは月羽を見ると、床に膝をついた。恭しく手を差し出され、月羽がそこに手を載せると、騎士がするように甲にキスされる。

「寛大なお妃《きさき》様には感謝申し上げる」

「……処分って、たとえば僕に謝りに来てくれるとか、そういうのでは駄目ですか?」

「謝罪がご所望ならさせましょう。レオン殿が許せばだが」

イザークは思わず、というように破顔した。

「本当にお優しい。本人には伝えておきます」

そう言うとイザークは立ち上がり、レオンに黙礼すると踵を返した。

彼が玄関扉の向こうに見えなくなると、レオンは自分の上着を脱いで、月羽の肩に羽織らせてくれた。わずかなぬくもりにどきりとして、月羽は慌てて顔を伏せた。

「ありがとうございます、すみません……」

「本当にライカンに報復しないつもりなの？」

月羽の声にかぶせるように、ジェイドが声を張り上げた。美しい瞳を怒りに燃え立たせたジェイドは、レオンに詰め寄ってくる。

「そんな妻人形もどきがいくら傷ついたって僕らクドルクにはなんの害もないからいいけど、こちらだけ仲間を差し出して、向こうはなにもなしだなんてありえないよ！」

「もうイザークとは約束した。約束を翻す気はない。――月羽のおかげで過ちを犯さずにすんだ」

レオンはちらりと月羽を見下ろした。視線が絡み、月羽は借りた上着の上から胸を押さえた。じんわりと喜びがこみ上げてくる。

（月羽のおかげって……少しはまだ役に立つかもって、思ってくださったかな）

「あなたがそんな態度だから、反対派がいつまでも大きな顔をするんだ。反発した仲間にも、人狼にも魔女にも甘い顔しかしないから」

頬を染めた月羽を睨み、ジェイドは苛立った声を出す。

「なんにもわかってない男娼の言うことなんか聞いてどうするの。王が情に流されてもいいことはないよ。だいたい、人狼と仲良くする前に、レオンは自分の仲間をかえりみるべきだ。レオンはクドルクの王なんだから――一族の繁栄こそ、一番に願うべきでしょう？」

「私は一族の安寧を願っている。幸福を」

硬い声音で、レオンはきっぱりと言った。

「憎んではいるが、滅ぼそうと思ったことはない。無論、ジェイド、おまえの幸福も願っている」

「――レオン」

「私に成せる精いっぱいのことは成し遂げるつもりだ。それはおまえも知っているだろう」

言い聞かせるように静かに告げたレオンは、再び月羽を一瞥し、すっと視線を逸らした。

「そのためには――月羽ではない者を、妻に迎えたほうがいいのだろうな」

どん、と谷底に突き落とされたような気がした。ついさっき、少しは認めなおしてもらえたかもしれないと舞い上がった分、レオンの言葉は衝撃だった。

(――僕、要《い》らないんだ)

わきまえていたはずなのに、目の前が暗くなる。

逆に、驚いた顔をしたジェイドは、徐々に嬉しげに表情を輝かせた。

「そう、そうだね！　さっそく長老たちに連絡しておくよ。きっと候補はもう見つけてあるはずだから、すぐにでも会えるよ」

「そうだな。……早いほうが、いいのだろうな」

弾むように明るいジェイドの声と対照的に、レオンの口調は疲れたような調子だったが、二人は連れ立って書斎へと向かっていき、月羽は黙って見送るしかなかった。

濡れてしまった下着が気持ち悪い。お飾りの妻の役がいつか終わるのはわかっていたけれど、これがこんなに早いだなんて思いもしなかった。

昨晩まで幾度も拒絶されたのだから、妻人形としても不要なのだろう。

嬉しかったはずのレオンの上着も分不相応に思えて、月羽は肩から外して丁寧にかたちを整え、長椅子にかけた。部屋に戻って着替えたら、すぐにでも屋敷を出なくては。

「……っ」

立って歩かなくちゃ、と思うのに膝が震えて、月羽は椅子に突っ伏した。堪えようと意識するより早く、涙が溢れ出す。

（レオン様……レオン様。僕……僕は、）

離れたくない、と強く思う。触れられず、蔑まれて一顧だにされなくてもいい。ただ近くにいられるだけでもいいから、ここに置いてもらいたい。遠くから見つめられれば、空腹で死んでしまうまで、庭に捨てられるのでもかまわない。

せめてあと一度、穏やかな声で名前を呼んでもらって、決して忘れないように刻みつけるあいだだけでも、傍に置いてほしい。否、一瞥されるだけでもいいから——レオンと離れたくない。

（どうしよう。僕……レオン様が）

焼けつくような強さでこみ上げる願いで、喉まで苦しかった。一度も経験したことのない激しい欲求は、初めてでも間違えようもなかった。

（レオン様が好きだなんて……好きになってしまうなんて）

なんという思い上がりなのだろう。つりあうはずもない夜の王を好きになるなど——身の程知らずの愚か者のすることだ。

好きになってはいけないのに。好きになどなったって、ただレオン様に迷惑をかけてしまうだけなのに。

月羽は自分自身を呪いながら、声を押し殺して泣いた。

すぐにでも出ていけるように、と身支度を整えて迎えた翌朝、部屋を訪ねてきたのはシルヴァだった。人型を保ったままの彼は、月羽を見ると顔をしかめた。

「あーあ。泣いただろう」

「……申し訳ありません、見苦しくて」

「見苦しいとは思ってないよ。レオン様から、伝言」

シルヴァがため息をつき、月羽は出ていけと言われるのだろうと背筋を伸ばした。シルヴァはやや言いにくそうに視線を逸らす。

「しばらくのあいだは、ここで引き続き勉強を続けろってさ」

「……え？」

告げられたのは意外な内容で、目を瞠るとシルヴァはちょっと口ごもってから言った。

「月羽の新しい奉公先を探しているから、そこでも重宝されるように、マナーも知識も覚えておくに越したことはないって」

「――そうですか。わかりました」

まだ、使用人として紹介するには未熟なのだろう。ちくんと胸が痛み、そこまでしていただくわけにはいかない、と思ったが、反論するだけの気力もなかった。昨晩は、涙はどんなに堪えようとしても、気づくと流れ出して、結局月羽は一睡もできなかったのだ。

「レオン様にはもっと西の国のほうに知り合いの貴族がいるから、たぶんそのつてで月羽を雇ってくれる屋敷を探すんだと思うよ。変なところじゃないから、安心しなよ」

「心配なんてしてません。レ……ご主人様は、いつも僕によくしてくださいましたから」

月羽は案じるような表情のシルヴァに向かって微笑んでみせた。

「今日は、なにをすればいいですか？」

「――今日はゆっくり休めって言っても、月羽はそのほうがいたたまれないよな。図書室で好きな本でも読むといいよ。身体もつらいと思うし」

シルヴァはそう言うとドアを開け、廊下に出てから振り返った。

「俺は今日レオン様と一緒に用事でいないけど――少しでも調子が悪くなったら、部屋で休むんだぞ」

「はい。大丈夫です。傷は治していただいたし、もともと丈夫ですから」

「その傷を治してもらったのが問題なんだけどさ」

シルヴァは小さくぼやいて、じゃあねと手を振っていなくなった。傷を治していただくのなにが問題だったのだろう、と首をかしげたが、図書室で本をひらいてほどなく、悟ることになった。

文章を追おうとしても、頭がぼうっとしてうまく意味を読み取れない。泣いて寝ていないせいだろう、と考えて何度も同じところを読み返しながら過ごしてから、熱っぽく重たいのが頭だけではない、と月羽は気づいた。手足も発熱したときのようににぶく感じられるし、身体の芯がちりちりと熱い。落ち着かなくて座りなおすと、尻から背筋に向かってざわりと肌がさざめいて、月羽は唇を噛んだ。

（嘘……欲情、しかけてる）

好きだと自覚したところで決して叶わぬ思いだと絶望したばかりなのに、身体は諦められていないかのようだった。腹に触れたレオンの手や、背中を癒す舌の尖《とが》り、うなじに感じた唇の感触を思い出し、月羽は急いでそれを忘れようとした。

あれはきっと最後のお情けだ。溺れるなんていけない。レオンはわざわざこれから月羽の奉公先まで探してくれるつもりなのだから――期待を裏切って淫乱になっては駄目だ。

一生懸命本に集中しようとしても、長くはもたなかった。気だるい身体を持て余し、少し眠ればすっきりするかもしれないと、部屋に戻ってベッドに潜り込み、淫靡な欲を消し去ろうと努力して、月羽は日没まで耐えて、折れた。

我慢するあいだに完全に勃ち上がり、淫汁までしたたらせてしまった性器を取り出し、両手で握る。

「はっ……ん、……ふ、……っ」

過敏になりすぎた分身は痛いほどで、自分で扱いても身体が揺れるほど快感だった。ぐちゅぐちゅと音がするほど速くこすり、ぷっくり張った先端の割れ目を指で弄ると、射精はあっというまに訪れた。

「は、ぁぁっ……、あ……ぁ」

ねっとりした白濁が指に絡みつき、自己嫌悪にまみれながらもこれで楽になる、と息をついて、月羽は自分の股間を見下ろしてため息をついた。達したはずなのに萎えていない茎が、ひくついて刺激を要求している。

もぞりと尻を動かせば、意識しないようにしていた後ろの孔も腫《は》れたように疼き、中まで――奥まで思いきりこすりたくなった。

男娼だったときは、そこの準備をするのは苦痛だったのに、今指を入れたら、達するまでお尻を振ってしまうだろう。

身震いし、月羽は扱き足りない性器から手を離した。硬いままのそれを拭《ふ》き清め、無理やりに下着の中におさめると、息を整えて部屋を出る。じっとしていると意識してしまうから、皿を磨くのを手伝うとか、せめて目的がなくとも歩き回っていれば、少しは楽なはずだった。

ふらつきながら廊下を進んだ月羽は、こちらに向かってくるレオンに気づいてぎくりとした。逃げようか、とも思ったが、レオンは月羽が気づくより前に月羽を見つけていたようで、まっすぐに歩み寄ってくる。

「部屋を出ても大丈夫なのか」

「お帰りなさいませ。身体のほうは大丈夫です」

使用人らしく頭を下げてから、月羽はにっこりしてみせた。

「おかげさまで、もう傷はなんともありません。それから、勉強のことも、新しい奉公先のことも、本当にありがとうございます」

「——いや。当然のことをしただけだ」

ため息まじりに低く言ったレオンは、探るように月羽を見つめてくる。顔が赤いかもしれない、と不安になり、月羽は俯いて通りすぎようとした。

「月羽」

「――はい」

呼びとめられただけで、胸の内側が震えて痛む。目眩がして、喘ぎそうになりながら振り返ると、レオンは真摯《しんし》な眼差しを月羽に向けていた。

「昨日、傷を治すのにたっぷりと舐めたからな。私の体液がおまえの中に取り込まれている。しばらくのあいだ辛抱すれば徐々に抜けていくが、それまでは手で慰めてやるから、遠慮せずに言いなさい」

「……いえ、大丈夫です」

「むやみに我慢するのはかえって負担になる。体調さえ悪くなければ、今これから射精させてやるが」

「っ、本当に、平気です」

かっと顔に朱が上り、月羽は急いで踵を返した。無礼だとは思ったが、耐えられそうになかった。

「仕事があるので、失礼します」

振り返らずに言い置いて、小走りにレオンから離れる。一階の厨房に向かう階段の途中で足がもつれて、月羽は喘ぐように息をしながら階段下の物置に逃げ込んだ。かすかに埃っぽい狭い空間で、立ったままトラウザーズをくつろげる。歯噛みしたい気分で自身を握りしめ、月羽は結局足元まで脱ぎ落として、後ろに触れた。

性器から零れた汁で濡らした指で窄まりをほぐし、やわらかくなるのも待ちきれずに指を埋めると、喉の奥から長く声が出た。

「あ――――、あ、……ふぅっ……」

脳裏でちかちかと光が舞い、月羽は操られたように指を動かした。物足りず、壁にすがるようにしてお尻も振って、腹の中でうごめく卑《いや》しい熱をかき出そうとする。月羽の指では欲しいところまで到底届かず、それでも本数を増やして激しく出し入れすると、圧迫感に内襞がひくひくした。

「あっ、……あぁっ……あ……ッ」

指の付け根まで使ってピストンし、声をあげて達しながら、月羽はまた泣いた。

達したのに、満たされない。空っぽになった胸の内側が干上がっていて、そこはもう二度と潤わないような気がした。

ほとんど機械的に、月羽は夜毎《よごと》に自慰をした。一週間経つと、手伝わせてもらえる雑事を片づけるあいだは意識しないでいられるようになったが、夜遅くにベッドに潜り込むと、わっと泣き伏したいような寂寥《せきりよう》感が襲ってきて、そうすると決まって、胸や下腹部が疼くのだった。

どうにかして血を吸ってもらおうと努力していた日々ははるか昔のような気がしたが、そのときも準備のために弄ったりしていたから、きっと癖になったのだろう、と思いながら、月羽は自室でカーテンを開けて、夜空を見上げた。

今夜は満月で、月の光がとても明るい。静謐《せいひつ》な光の差す下で自慰に耽るのには抵抗があったが、夜の景色はたやすくレオンを連想させるから、ほんのひととき、レオンに触れられているのを思い出すために、月羽はカーテンを開けることにしていた。

月の光を浴びながら下をすべて脱ぎ、シャツの前も開けて、臍の辺りをてのひらで撫でさする。それから両手で汁が出るまで性器をこすって、汁を使って後ろの孔を慰めるのが手順だった。

「ん……、く、……」

本当はやりたくない。でもこうして自慰をして達しなければ、なにも手につかないほど心が沈む。性行為のあいだだけは寂しさを忘れられるから、やらずにはいられない。

はあっ、と息をついて性器を包み込んだところで、月羽はふいに気配を感じて顔を上げた。

「みっともないポーズだ。そんな脚を広げちゃってさ」

「……っ、ジェイド様、どうして」

慌てて膝を閉じ、シーツで腰元を隠しながら、月羽は狼狽《うろた》えてジェイドを見上げた。ジェイドは酒の入ったグラス二つを片手に、月羽を見て皮肉っぽく笑った。

「クドルクは耳がいいんだよ。毎日毎日あんあん言われて耳障りだから、楽にしてやろうと思って来たわけ」

「声が……」

かあっと月羽は赤くなった。ジェイドはくすくすと笑う。

「安心しなよ。レオンは知らない。最近毎日のようにレコードをかけているから、おまえの嬌声なんか気づいていないよ。僕はおまえがどうやって自分を慰めるかまでわかってるけど。

――指を尻の孔に入れるんだよね」

「……っ」

「あんまり声がうるさいから、外に出て窓から覗いたら、ずぼずぼ出し入れしながら尻を振りまくってて、呆れたよ」

「……すみません、でした」

羞恥に身を縮めて謝ると、ジェイドはグラスをひとつ差し出した。

「クドルクの体液は人間には媚薬だもの、仕方ないよ。これを飲むといい」

「薔薇のお酒を？」

「クドルクの体液が薔薇で反応するから、気分がよくなる。普通のお酒みたいに酔っ払うと思えばいい」

今まで口にしたことはなかったが、差し出されたグラスからは芳しい香りがして、せっかく厚意で持ってきてくれたのだからと、月羽は受け取って口をつけた。ほんのりと甘い、想像よりもずっと爽《さわ》やかな酒が口いっぱいに広がって、胃に落ちていく。

「……おいしいです」

「でしょう？　全部飲んでいいよ。全部飲めたら、もっといいものをあげる」

ジェイドはにっこりした。すすめられるままグラス半分ほどのお酒を飲み干してしまうと、ふわっと意識が浮くような高揚感が訪れて、月羽は肩から力を抜いた。

「ほんと……いい、気持ちです……」

「酔っ払ったかな？　じゃあ、今度はこっちだ」

ジェイドは月羽の腕を摑むと寝台から引きずるように下ろした。力なく床に座り込んだ月羽がぼうっと見上げると、ジェイドは自分の前立てに手をかけたところだった。

黒いトラウザーズの布のあいだから、すらりと長い性器が露出して、月羽はびくりとした。まさか、と思って後ずさろうとした口元に、その切っ先が突きつけられる。

「さあ、しゃぶりな。特別飲ませてあげる」

「いやっ……やめてくださ、ん、ぅぐっ……」

後頭部を押さえつけられて、喉奥まで含まされ、月羽はもがいた。目を見ひらいた月羽を見下ろして、ジェイドは薄く笑う。

「すぐ気持ちよくなるよ。クドルクの体液はみんな媚薬だけど、中でも精液は特別なんだ。これが欲しくて欲しくてたまらない人間は大勢いるんだよ。それを飲ませてやるんだから、感謝してほしいな」

「んぐっ……ん、う……っん、ん——っ」

上顎が硬くなった先端でこすられて、吐き気とむずがゆい感覚が走る。絶対にいやだ、と思うのに、むずがゆさは喉から伝って腹のほうへ下りていき、すぐにあの昂《たかぶ》りをもたらした。

「んぅうっ……う、ん、く、んむ……ぅっ」

「ほらね、気持ちよくなってきたでしょう。勃起してきた。よだれまで垂らしていやらしいなあ。レオンに傷を舐められているときも、みっともないくらい腰を振っていたものね」

根が淫乱なんだろうね、とジェイドは歌うように言った。月羽の小さな口におさまりきらない性器の付け根のほうを自ら扱きながら、奥めがけて突き入れてくる。苦痛にえずき、生理的な涙さえ滲んでくるのに、月羽のものは硬く頭をもたげていた。

（いや……こんなの、いやなのに、どうして……っ）

逃げたくてたまらないほどいやで、苦痛を感じるのに、勃起してしまっている。犯される口に感じるのは確かに快感で、気持ちよくなっているのだと思うと心が暗くなった。

ついに、誰が相手でも乱れるような身体になってしまったらしい。

「っ、さあ、出るよ。貴重な精液だから、残さず飲むんだ」

ジェイドが息を乱して月羽の髪を摑んだ。ずぼっ、ずぼっ、と勢いよく打ちつけられ、がくがくと身体が揺れて目眩がする。ほどなく、諦めの境地で顎の力の抜いた月羽の口内に精液がどろりと溜まり、月羽はほとんど無意識に飲み込んだ。

口から唾液の糸を引いて性器が引き抜かれる。手を離された月羽は床に手をつき、大きく息を吸って震えた。

「……ん、……は、ぁ……っ」

「お腹の中が熱いんじゃない？」

身づくろいをしながら、ジェイドは嘲笑するように唇の端を上げた。

「精液が胃に落ちて、広がる感触がしたよね。そうしたら、お腹のずっと下の奥のほうが、ずくん、ずくん、と疼きはじめるらしいよ。かきむしりたいくらい熱くなって、孔がひくひくするんだ」

「……ひ、……は、……っあ、あ……っ」

月羽は床に爪を立てた。そうしないと前のめりになって、尻に手を伸ばしてしまいそうだった。ジェイドの言うとおり、お腹の一番奥が熱い。じくじくして、お尻から長くて硬いものを突っ込んで、思いきりそこを突いてほしくて、ひくんと腰が跳ねた。

「ふふ、気持ちがいいよねぇ。自分でやって中途半端に達するよりずっといいだろう。我慢できないだろうから、今日はこれを入れてあげる」

「……や、……やめて……っ、無理です、いや……っ」

ジェイドが取り出したものに怯えて月羽はかぶりを振り、刺激で走った愉悦に背中を丸めた。

それは大きな男性器をかたどった棒だった。ジェイドはそれを残っていた酒に浸してみせ、動けない月羽を床に這わせた。

「やぁっ……ジェ、イド様っ……お願い、それはいやぁ……っ」

「少し大きすぎるかもね。でも大丈夫だよ。酒で濡らしてあるし、精液も飲んでいるからね。今までにない悦びが味わえる」

片手で月羽を押さえて器具をあてがい、ジェイドは冷めた声で言った。

「一度入れたら気に入って、ずっと嵌めておきたくなるよ。そうなったら、さすがにレオンも気がつくだろうね。もう用済みの淫乱なんか、屋敷に長居させても意味がないってさ」

「い、あ、あーっ……！」

一息に太いものが突き立てられて、身体じゅうが痙攣した。裂かれる痛みと異物感が、続けざまに月羽を襲う。

「あぐっ……ん、ああっ……や、やめっ……ひ、ぁあっ」

「力を抜きなよ、全部入らないじゃないか。半分出ているのもみっともなくて、おまえには似合ってるけど」

ずく、ずくと月羽の内部を掘削したジェイドは、月羽が荒い息だけをもらすようになると、それ以上の挿入を諦めて手を離した。痛みがひどく、取り去りたいと思っても動くこともできない。絶え間なく押し寄せる痛みと、体内で燃え続ける欲望に、身体を支える腕も震えて崩れてしまいそうだった。

「ライカンの村を襲ったクドルクは捕まったよ」

痙攣する月羽を見下ろして、ジェイドはゆっくり前に回り込んだ。

「手こずっていた北の魔女たちとも協定が結べて、行くあてのなかったクドルクたちが北国に流れていった。トロールの死に絶えた谷は丸ごとクドルクが使えることになって、建国派の連中もちょっとおとなしくなったところなんだ。新大陸にもナイトウォーカーに向いた土地があるらしくて、船に乗った者もいる。僕の言っている意味がわかる?」

「っ……は、……ふ、……はっ……」

月羽はかろうじてジェイドを見上げたが、声は出せなかった。獣のような息遣いの月羽にジェイドは眉をひそめ、汚らわしい、というように一歩遠ざかる。

「つまりね、レオンはどんどん、王として先代が成そうとしたことをやり遂げつつあるんだ。みんなも認めはじめて、レオンだってちゃんとした女性の妻を娶ろうっていう気になってるのは、おまえもよくわかってるでしょ。――おまえだけが邪魔なんだよ」

冷たい憎悪に満ちた目が、月羽の痴態を睨《ね》めつける。

「やらしい顔だ。よだれまで垂らして、がくがく震えて、醜いよ。レオンに抱かれているときだって悦がるばっかりだったもんね。こんなのじゃなくて、レオンが正しいお妃を選ぶなら、僕だって諦めがつくって思ったのに」

激しくて、悲しげな声だった。月羽は痛みを通り越して痺れるだけになった下半身のせいで、朦朧《もうろう》としてジェイドの声を聞いた。限界を超えて伸ばされた孔の縁も、ぎっちり嵌まった異物に占領された腸内もにぶく痛む。ジェイドは反応しない月羽にため息をつくと、再び後ろに回ってぐいと器具を動かした。

「ひぁあっ……ひ、ぃ……い、あア……ッ」

「おまえでよくて、なんで僕ではいけないんだろう」

身体がひび割れてしまいそうな衝撃が脳天まで突き抜けた。吐き気さえともなう痛みは、続けて穿たれると燃え上がるように快感にすり替わり、全身に汗が浮かんでくる。

「ひ、や……め、やぁっ……い、いたい、あ、あぁっ」

「媚びた声を出してるじゃないか。痛いだけじゃないんでしょ。腰だって自分から振ってるよ」

「いッ……ひ、……あ、あぁ……っ、は、ぁ……っ」

きりきりと頭痛がした。お腹が苦しくて、痛くて……そうして、もどかしい。

あと少し、あとほんのちょっとで激しく感じて、絶頂に達してしまえそうなのに、揶揄う

ように同じ場所だけを前後するただの棒では、達けそうで達けない。いつのまにか性器は限界まで勃ちきって、腹につきそうな角度でだらだらともらしていた。とまらないその汁が出る感触も、むずついてつらかった。

「ん、……もう、ああっ……ゆ、……るしてっ……」

「許して？　達かせてほしいならちゃんとそう言いなよ。それとも、言えないならこのままにして、レオンに報告しようか。月羽はとっくに堕落して、毎晩淫らな道具で自慰に溺れてるって」

ずん、と突かれて視界に火花が散り、月羽は手足を突っ張らせて痙攣した。熱い快感の波と嫌悪の冷たさが、交互に胸を刺して割れそうに胸が痛かった。レオン様、と月羽は思う。

（せっかく、買ってよかったと言ってもらえたのに……最後に失望されるのだけはいや）

誰よりも、レオンにだけは見限られたくなかった。たとえ愛されることがなくても、別ればすぐにでも忘れられる取るに足りない存在でも、失敗だった、と後悔されたくない。

「ゆ、るして、くださ……」

胸を上下させ、月羽はかすれる声を絞り出した。

「レオ……さまに、は、いわな、……で……それだけは……っ」

「やっぱりね」

苦々しげにジェイドが呟いた。

「思ったとおりだ。レオンの役に立ちたいなんて口先だけで、結局は愛されたいんだ。妻人形にはなりたくないって？　男娼のくせに、クドルクの王の妻になれると本気で思っていたんだな」

「……っ」

ちがいます、とは言えなかった。そういう浅ましい思い上がりがなかったかと訊かれたら——無意識に期待していたかもしれないと思うから。

息を殺した月羽に、ジェイドは乾いた笑い声を立てた。

「レオンのことが好きになったんだね。レオンは立派で素晴らしい、美しいクドルクだもの、仕方ないけど——このずうずうしい、薄汚い泥棒猫め。告げ口されたくないならねだりなよ。奥までいじめて、おかしくなるまで達かせてください、って」

蔑む口調でなじられ、命じられてぴしゃりと背中が叩かれて、月羽は身体を波打たせた。卑猥な言葉でねだらせたがるのは、娼館の客にもいたけれど、今ほど、いやだと思ったことはなかった。

それでも月羽は、言われたとおりに繰り返した。絶え絶えの懇願にジェイドはまた笑い、深々と月羽の中を抉った。

「——っ、ひ、……ぃ……っ」

気持ちがいいというより、激しすぎて痛かった。どっと噴き出すのにあわせて制御できない身体は反り返ったり丸まったりを繰り返し、引き抜かれて脱力したあとも、性器からはとろりと残滓《ざんし》が溢れた。

「ひ……は、……あ、……は……」

横倒しになって喘ぐ月羽を見下ろして、ジェイドは独り言のように呟いた。真っ白な顔は半分だけ月光を浴び、影のできた目元はまるで泣いているようにも見える。

「僕だって、ずっとレオンの傍にいて支えてきたんだ」

「人間には想像もつかないだろうけど、クドルクに楽しみはほとんどない。血も薔薇もその場しのぎの代用品だ。たったひとつ、生きていこうと思うのは、長すぎる時間を一緒に歩むための……愛しあう相手なんだよ。傍に寄り添う者がいれば、孤独は忘れることができるから。僕にとっては、それがレオンなんだ」

苦しそうな、吐き出さずにはいられない、というような押し殺した声で言ったジェイドは、窓の外に目を向けて額を押さえた。

「愛してたよ。ほかのどんなクドルクより近くにいたんだもの、当然だ。……男でもレオンの伴侶になれるなら、どうして僕ではいけなかったの？」

小声の問いかけは、自分に向けたものではないと月羽にもわかった。まともに働かない思考の隅で、僕と同じだ、とぼんやり思う。

（レオン様が好きで……でも絶対に、報われないんだ）

叶わぬ想《おも》いがどれほど虚しく寂しいか、ジェイドもよく知っているのだと思うと、月羽はむしろほっとした。理由もなく憎まれるより、理由がわかったほうがずっといい。

ジェイドは諦めたようにため息をつき、月羽に一瞥をくれると部屋を出ていった。月羽は緩慢に身体を起こして、ベッドに背中を預けて座り込んだ。

「いたっ……」

貫かれた場所が痛んで月羽は呻き、ついでどうしようもなくこみ上げてくる欲望に歯噛みした。痛いのに、まだ犯されたくて窄まりがひくついている。

深呼吸して熱を逃がそうとしても、下腹部の疼きは消えなかった。性器は萎えているのにまだ欲しがっている身体が厭《いと》わしい。落ち着かなくもじもじとしてしまい、月羽は自分で恥じてシャツの裾を握りしめた。

(だめ……おさまりそうにない)

自分で指を入れても満たされないのはもうわかっていた。わかっているから、這ってでも部屋を出てレオンのもとに向かいたくなってしまう。失望の眼差しで見られたくはないのに、すがってしまいそうだ。お腹の奥が熱い。もっともっと犯して。僕を抱いて満たして。あなたの一部にして——。

(絶対に抱いてなんかいただけないのに)

渦を巻く欲求は虚しかった。虚《うつ》ろになった心が、傷ついた孔よりももっと痛む。

着実に王として歩むレオンには、改めて自分はいらないのだ、と思うと、甘えて屋敷にとどまったことが恥ずかしくなった。新しく来る花嫁だって、いわくあるはしたない前婚約者など、目障りで気分が悪いだろう。

「明日には、出ていこう」

こういうのは早いほうがいい、と月羽は思う。万が一にでも気持ちが萎えてしまう前に、レオンに迷惑をかけないようにしたい。自分一人なら別に、どうとだってなる。奉公先を紹介してもらわなくても生きていくことはきっとできるし、できなければただ死ぬだけだ。誰も悲しまないから、迷惑も少ない。

でも出ていく前にもう一度だけ、レオンにお茶を淹れて、お礼を伝えたかった。屋敷を出れば二度と会えないだろうから。

明日の夜が明けたら、使用人が起き出す前の時間帯に、出ていこうと月羽は決めた。

翌晩、月羽はだるい身体を叱咤しつつ、お茶の銀色のワゴンを押して書斎を訪ねた。ちょうどレオンが外出せずに屋敷にいてくれたのは神様からの贈り物だと思いながら、月羽はレオンの許しに従ってドアを開け、一礼した。

「お茶の淹れ方を勉強しなおしたので……もう一度飲んでいただけたらと思って、お持ちいたしました」

「もうそんな時間か」

時計を見上げたレオンの横顔は気乗りしなさそうだった。素っ気ない表情にずきん、と心臓が痛み、月羽は目を伏せる。

「不要でしたら、置いていていただければ後ほど片づけますので、淹れてもよろしいですか？」

「――もらおう」

レオンは机の前に座ったまま頷く。月羽はその横に立ち、ワゴンの上でティーポットを持ち上げた。レオンは背もたれに身体を預け、じっと月羽の手元を見つめている。見られている、と思うと深い蒼《あお》で彩られた陶器のポットを持つ手が震え、そろいのカップに注ごうとすると、お茶が跳ねて受け皿に零れてしまう。

「……申し訳ありません。すぐに取り替えます」

かたかたと食器を鳴らしてしまいながら月羽は消え入りたい気分で謝罪した。震えはとめようとするほど大きくなって、かちゃん、とティースプーンがいやな音を立てる。いたたまれなさで顔が赤くなり、俯いてしまうと、「大丈夫か」と声がかけられた。

「ずいぶん震えている。……顔も赤い。熱があるなら無理をしないで休むといい」

「いえ……っ、大丈夫です。すぐ新しい茶器を」

「淹れてくれるならそのままでいい。零した分は拭けばすむ」

ワゴンをどかそうとするとすっとレオンの手が伸びて、月羽はびくりとした。ごまかしようのない反応に、レオンがため息をつく。

「随分緊張しているようだな。安心しろ。もうおまえにはなにもしないから」

「ちが……ちがうんです」

必死で首を振り、月羽は腕に力を込めてポットを持ちなおし、再度お茶を注いだ。今度はなんとかうまくいき、布巾で丁寧に零した分をぬぐい、レオンの前に受け皿ごと置く。

「午前三時なので、紫の薔薇のお茶です」

「……綺麗な色だ」

レオンが静かにカップを持ち上げて、月羽は既視感のある会話に胸がいっぱいになった。初めてお茶を淹れたときには、ダンスを練習しなさいと言われて——踊れる日が来るのを、うっとり思い描いていた。

「おまえの分は?」

立ち尽くしているとレオンがそう訊いて、月羽はゆるゆると首を振った。

「僕は、もう婚約者ではありませんので」

淡々と答えたつもりが声はかすれて、哀れっぽく響いた。月羽は後悔して拳を握りしめて、書斎を辞そうとした。

「待て」

「――あっ」

肩に手がかかって、零れた声が甘く跳ねた。月羽は耳まで熱くなるのを感じながら、急いで詫びた。

「すみません、びっくりして」

「やはり様子がおかしいぞ。顔を見せてごらん」

「……いいえ、もう下がります、っあ……っ」

後ろに逃げようとしたところをぐっと引きつけられて、たったそれだけで雷に打たれたように身体の芯が痺れた。どくどくと血が逆流するような錯覚を覚えて月羽はレオンに向かって倒れかかり、そのまま絶頂に達した。

「っ……はぁっ……ふ、……あ……」

ぐっしょりと下着が濡れる。びくん、びくん、と不規則に跳ねる月羽を抱きとめながら、レオンが眉を寄せて険しい顔をした。

「達したのか」

「すみません……っん、あぁっ、や、だめっ……」

軽蔑された、と思うと背筋が冷えて、月羽は力が入らないまま腕から抜け出そうとした。

だが抜け出せず、首元までつまったシャツの襟が広げられ、月羽は震えて身を捩った。首筋を確かめたレオンは「咬まれてはいないな」と呟き、続けて下肢に触れてきて、月羽はひゅっと喉を鳴らす。

「あ、あぁっ……！」

レオンのてのひらの下で、またあっけなく達した性器が精液を吐き出して、じわりとトラウザーズまでしみが広がっていく。レオンはそれを眺めて、きつい声を出した。

「誰にやられた？　誰かに抱かれただろう」

「してません……抱かれて、なんか……してま、せ……」

「そうだね、抱いてはいないね」

喘ぎながら訴えた月羽に声を追うように、ジェイドの声がした。扉を開けて入ってきた彼は、レオンの腕に抱かれた月羽を見ると、一瞬、激しく燃えるような目つきをした。

「もしかしてレオンにねだったの？　もう用済みなんだからそういうことは遠慮してほしいな」

「ジェイド。月羽に手を出したな。自分のしたことの意味はわかっているだろうな」

無理に怒りを抑えたような、唸るようなレオンの声に、ジェイドはわざとらしいほど明るく笑って両手を広げた。

「いやだな、怒らないでよ、わかってるよ。でも、レオンはもう月羽が要らないんでしょ？

月羽が身体を持て余して、しゃぶりたいってねだるから可哀想になって、僕の精液を飲ませてやっただけだよ」

「どうしてこんな真似をしたんだ。おまえは――私を信じてくれていると思っていたのに」

ジェイドの挑発するような言葉に、レオンは月羽を腕から解放して立ち上がった。ジェイドはレオンを見上げ、唇を歪めて微笑んだ。

「そうだよ。僕はあなたを……敬愛している。だから月羽を妻にするなんて反対だったし、目が覚めたなら早く追い出してほしいんだ。なのにあなたときたら――せっかく新しい花嫁にふさわしい女性を紹介する話があったのに、断ったじゃないか」

びく、と月羽は肩を震わせた。もう、そんなところまで話が進んでいるのだ。

「断ったのは、月羽の新しい勤め先がまだ見つからないからだ」

「そんなこと言って、いつまで引き延ばすつもり？」

悲鳴のように、ジェイドが声を荒らげた。「やめてよね、間違っても男娼を愛しているなんて言わないでしょう⁉」

悲痛でさえある声が月羽の胸を刺す。レオンはため息とともに吐き出した。

「私は誰も愛さないことに変わりはない。そんなことより、二度と人間は傷つけるなと、命令してあったはずだ」

「血は吸ってない。ただ慰めてやっただけだよ。ねえ月羽。僕はおまえを、楽にしてやったよね」

肩をそびやかしたジェイドはどこか投げやりで、月羽が答えにつまるのを見ると、レオンへと手を伸ばした。

「レオンだって知ってるでしょ。この子が毎晩、自分でお尻に指を突っ込んで喘ぎまくってたの。聞くのがいやだって言ってたじゃない。聞きたくなくてレコードをかけたんだものね」

「ジェイド様っ……」

言わないと約束したのに、と口にしかけて、それがジェイドの言葉を肯定することになると気づいて月羽は口をつぐんだ。

レオンは自分の腕にかかったジェイドの手を振り払った。

「確かにジェイドの言うとおりだが、音楽など聞くべきではなかったな。やはり、欲望を満たす娯楽は罪が深い」

「いやになるのも仕方ないよ。だって月羽は人間で、しかも男娼でしょう。多少下半身の行儀が悪いのはわかっていても、月羽はあんまりにもだらしないものね」

侮蔑《ぶべつ》するジェイドの台詞を、レオンは険しい顔で黙って聞いていた。きっとレオン様も軽蔑してるんだ、と思うと、手足が冷たくなった。

（最後の夜に……失敗してしまうなんて）

ジェイドだけが興奮したように、はずむような足取りで歩き回る。

「僕はレオンに放り出された月羽に同情してやったんだから、感謝されてもいいくらいだよ。口でしゃぶるだけじゃ足りないっていうから、お尻には玩具《おもちゃ》を突っ込んであげたんだ。ねえ月羽、どうなった？　無機物で中をかき回されて、なんて言ったんだっけ？」

「……、っ」

「言えない？　じゃあ僕が全部言おうか。おまえがどんなにあさましいか」

刃物を突きつけられたようにひやりとした。月羽を見据えるジェイドの眼差しは切れるような鋭さで、もし口にしなければ、なにもかもしゃべってしまうつもりなのだろうと知れた。なにもかも——月羽の抱いた、分不相応な想いも。

「言います」

月羽は胸に手をあてた。レオンがこちらを見るのがわかって、咄嗟に瞼を伏せる。

「奥まで、いじめて、おかしくなるまで……達かせてくださいって、おねだりしました」

「もういい」

尖った声で制して、レオンが振り返った。大股で近づかれ慌てて後ろに下がろうとして、月羽は手首を摑まれてどきりとした。

「あ……っ」

「しばらく留守にする。直近のことはすべて片づけたから問題はないはずだが、よろしく頼む」

　事務的な調子でジェイドに向かって言い放ったレオンは、そのまま月羽を抱き上げた。

　窓が大きくひらき、ふわりと音もなく窓枠に立った彼は、室内で傷ついた顔をしているジェイドを見下ろす。

「おまえと月羽の言うことを鵜呑《うの》みにする気にはなれないが、おまえは大事な弟のようなものだ。たった一度の過ちで切り捨てるには惜しい。会ったこともなかったライカンだって許せたのだからな。だが——今は腹が立っていることは伝えておく」

「……レオン、僕は」

「次になにかあったら、おまえでも容赦はせぬ」

　言うと同時に大きく外套が翻った。風をはらみ、夜空に溶けるように広がった下から、ばさりと漆黒の翼が現れて、月羽は震えながら目を閉じた。

　布越しなのに触れあった場所が溶けてしまいそうだった。

　微細に震え続ける肌を伝うのは、純粋な歓喜だ。不快感はいっさいなく、レオンの心が月羽にはないとわかっていても、わずかでも触れられればこんなにも嬉しい。

　おずおずと頭を寄せ、月羽は涼しい夜の空気を吸い込んだ。失敗はしたけれど、よかった、と思う。別れてしまう前にこうしてレオンの腕の中にいられる自分は、とても幸福だ。

飛翔して運ばれるあいだは、半ば夢の中にいるように朦朧としていた月羽がはっと我に返ると、見覚えのある部屋にいた。火の入っていない暖炉のあるこぢんまりとした室内は、古びた調度で統一されている。長椅子に横たえられていた月羽が身体を起こすと、窓のほうからレオンの声がした。

「九天楼の教会だ。おまえにはいやな街かもしれないが、我々の住処《すみか》としては、ここが一番あの屋敷から遠いのだ。クドルクもこの辺りにはほとんどいない。ここならば、おまえの身体からクドルクの毒が抜けるまでゆっくりできるだろう」

すでに落ち着いた声色だった。レオンは月羽の前まで来ると、静かな目で見下ろした。

「すまなかった」

「……どうしてレオン様が謝るんですか」

物哀しい目だ、と思うときゅっと胸の奥が捩れた。倦《う》み疲れてしまったように凪《な》いだ表情に、こんな顔をしてほしかったわけではないのに、と苦しくなる。

「おまえが独りで慰める声を聞きたくなくて音楽を聴いていたからだ。普段飲まない酒も飲んで、おまえを意識しないようにしていた。……ちゃんと注意していてやれば、ジェイドがおまえを不要に傷つけることもなかった」

「レ……ご主人様も、ジェイド様も悪くなんてありません。ジェイド様は、ご主人様のことをとても大切に思っていらっしゃるから……僕のことが気に入らないのは当たり前です。ジェイド様のほうが、僕よりずっとご主人様の支えになっていらっしゃいますし」

言いながら月羽は居住まいを正した。夢見心地になって、目的を忘れてしまってはいけない。

「どうか、ジェイド様を叱らないでください。ご主人様にとっては大切な、ご家族同様の方ですよね」

「――そうだな。長いこと、本当の弟のように思ってきた」

「僕さえいなくなれば、ジェイド様も元どおりになりますよ。ちょうど、おいとましようと思っていたんです。また娼館ででも働きます。歳はいってますけど、レオン様にたっぷり仕込んでいただきましたから、今度は上手にお客様を喜ばせられると思います」

「――月羽」

口ごもってしまわないようにと早口で言うと、レオンは難しい顔をした。月羽は急いで笑った。

「僕、淫乱だったんですよね。毎日していただきたくてたまらないくらいだもの。今日だって、ご主人様にちょっと触られただけで達ってしまいました」

「月羽。それは違う。クドルクの体液のせいだ」

「いいえ、違いません。ご存じですよね。ご主人様になにもしていただかずに、勉強だけしていたときでも、僕は……欲情していました。ちょっとでも優しくしていただいたら嬉しくて、髪でも撫でられたら舞い上がりそうで、もっともっと欲しい、って思ったんです。触ってほしかった。そういうのは……淫らですよね」

月羽が自嘲すると、レオンは苦悩するように眉根を寄せた。

「そうやって健気なことを言うおまえだから、抱いてはやれないんだ」

「わかってます」

抱けないときっぱりと言われて切り裂かれるように身体が痛んだが、月羽は懸命に微笑んだ。

「だから出ていくんです。触って、抱いてくださる方を探したいから。もう我慢できないくらいだから、大勢の方に、満足するまで抱いてもらいたい。たっぷり——ジェイド様にしていただいたみたいに激しく」

「手ではしてやると言っただろう」

「手でなんか、足りません。奥までかき回していただかないと」

言うごとに、きりきりとこめかみが痛んだ。心にもない言葉を言うのは、とても苦しい。

「それに……あのお屋敷では、退屈ですし」

「——なるほど。それほど、私の傍にいるのはいやか」

レオンの苦々しい表情と声がつらい。いいえ傍にいたいです、と言いたい気持ちを押し込めて、月羽は頷いた。

「はい」

「では望みを言え。約束は果たす」

「……ご主人様とは、二度とかかわらない場所で自由にしていただければ、それでいいです」

「そうか」

わずかに震えた月羽の答えに、レオンはもう眉ひとつ動かさなかった。

「ならば、夜が明けたら出ていくといい」

乾いた声で告げ、レオンは背を向ける。「出ていくのはかまわない。数か月、よく頑張ってくれたことには感謝しよう。結果として報いてはやれなかったが、私は——私は、おまえも幸せであればいいと、願っていた」

静かだが硬い、よそよそしい声に、月羽はふいに駆けよりたくなった。今なら、まだ間に合いはしないだろうか。どうかお傍に置いてくださいとすがったら——。

(駄目。駄目だったら)

月羽は見られていないと知りながら、笑顔を作って答えた。

「買っていただいてありがとうございました。ご恩は——一生忘れません」

聞いているのかいないのか、レオンは無言で出ていく。

しばらく待って、月羽はそっと部屋を抜け出した。朝までもここにはいられない。レオンの気配のする場所で一人でいたら、きっとまた泣いてしまう。

できるだけ足音を殺して階段を下り、正面の入り口までたどり着くと、扉の前では猫の姿をしたシルヴァが寝そべっていた。月羽を見て、シルヴァははたりと尻尾を揺らす。

「出ていくの？」

「……はい」

「人間は……人のかたちをした生き物は、めんどくさいよな。たった一言本心を打ち明ければすむのに言わないんだ。月羽も、レオンも、ジェイドも」

「それは、たぶん、言ってしまったら終わりになるからです」

呆れたような口調がちょっとだけおかしかった。人の姿になることはあっても、シルヴァの中身は猫らしい。

「終わりにしないでこっそりしまっておけば、離れてしまっても思い出すことができるけど、決着がついてしまったら、諦めなければいけないでしょう？　諦めるのは、苦しいことなんだなって、よくわかりました」

昔は諦めるのが得意だった。というより、月羽には望めるものがあまりにも少なくて、それが普通だった。レオンに幸せを与えられて、贅沢になったのだ。

だから……あの幸福は、ひとときの夢だ。

「僕はもともと道具でしたから。役に立てないなら不要なのは当然です。遠くでこっそりお幸せを願うくらいが、似合っているんだと思います」

傍にいたら、夢にすがってしまうから。

口には出さずに胸の中でそう呟いて、月羽はドアを開けた。

「シルヴァも、いろいろありがとうございました」

シルヴァは黙って尻尾を長く伸ばして揺らしただけだったが、月羽は微笑んで外に踏み出した。


春の盛りを過ぎ、夏も間近になった九天楼は夜でも寒くはない。霧も薄く、荒地を抜けて廃墟が並ぶ通りを抜けると灯りが見えたが、それは記憶よりもずっとまばらだった。こんなに静かだったっけ、と思ったが、なんだか長い年月が過ぎたように感じられるから、記憶が間違っているのかもしれなかった。

夜明け前で人の少ない通りは寂れたように色あせて見えた。七年暮らした街とはいえ、月羽の行動範囲は狭くて、訪ねられるあては元いた娼館の喜紅閣しかない。再度雇ってもらうのは難しいだろうが、頼めば別の店を紹介してもらえるかもしれないと、月羽は喜紅閣を目指した。

とはいえ、厄介者扱いされていた場所だ。期待はせずに水色の提灯の下がった軒先をくぐると、受付の男が月羽を見て目を丸くした。

「おまえ、忌み種の……生贄の！」

「はい、月羽です。親切な旦那様に買っていただいた――」

「なんで戻ってきたんだ！」

月羽の言うことを聞いていないらしい男は慌てた様子で怒鳴ると、奥へと駆け込んでいく。

身請けされた男娼が戻ってくるのはそんなに珍しかっただろうか、と怪訝に思いながら待っていると、ほどなく奥から足音がして、主人が姿を現した。でっぷり太った主人は、月羽を見るなり眉を吊り上げる。

「おまえは、生贄になったのに戻ってくるなど……さては逃げ出してきたな！　この恩知らずめ！」

「――っ」

わけもわからないまま怒鳴られて平手打ちされ、月羽は土間に倒れ伏した。その背中を、主人が踏みつける。

「おまえに金を払ったあの男、悪魔か悪魔の手先だったろ！　あやしいから尾《つ》けさせたら、おまえを連れて教会に向かっていったじゃないか！　生贄を送り届ける手間が省けたと思って、すっかり安心していたのに、おまえが！　おまえがちゃんと生贄にならんから！」

「……っ、い——っ！」

蹴りつけられ、背骨が折れそうな痛みに月羽は呻いた。激しく怒っている主人は月羽が逃げてきたと思っているようだったが、逃げたわけではなくても、生贄として——レオンの望むところであるかりそめの花嫁の役割を果たせずに戻ってきたのは事実だ。反論のしようもなくて、ただ暴力に耐えるしかなかった。

「おまえがちゃんと悪魔に食われていれば、戦火がこんなに広がることもなかったんだ！」

「っ、え……？」

どきりとして思わず顔を上げると、頬を蹴り飛ばされ、月羽は玄関の隅まで転がった。ずきずきと痛む顔を押さえて、月羽は主人を見上げる。

「戦火が広がったって……内戦は北のほうだけだったんじゃ」

「だからおまえのせいだ！」

動いて息を切らした主人は、憎々しげに月羽を睨みつけた。「南からも隣国が攻めてきたんだ。北は内戦、南は紛争であっというまに客がいなくなってしまって、九天楼の店も半分以上閉まったんだぞ。おまえのせいで商売上がったりだ」

憤然と言った主人は今度は月羽を殴ろうとしたが、疲れたのか振り上げた手を下ろすと、傍ではらはらした顔で見守っていた下働きの男たちを見回した。

「おまえたち、こいつが二度と逃げ出さないように手足を折ってしまえ。動けなくなったら運んで、上の教会の門にでも磔《はりつけ》にしてこい。うちから出した生贄が帰ってきたなんて知れたら組合で責められるのはわしだからな、見せしめに、よーく殴っておきなさい」

「……っ教会には」

戻りたくない、と口走りかけ、ぎろりと主人に睨まれて、月羽は口を閉ざした。主人は忌々しげに舌打ちする。

「まったく恩知らずで恥知らずな忌み種だな。売れないのを長年使ってやっていたというのに。次はせいぜいちゃんと悪魔に食われてくれ。そうしないと、新しい商いも安心してはじめられないからね」

吐き捨てて、腹を揺らして主人が立ち去ると、男たちがぐるりと月羽を取り囲んだ。中にはかつてお茶をくれた料理担当の男もいて、彼が死んだように力のない目をしていることに気づいた月羽は、鳥肌が立つのを感じた。

「ちょっと親切にしたお返しがこれか、月羽。――戦争でな、俺の親も、妹の家族も、まだ幼い姪《めい》っ子も死んだんだ」

「俺はここをクビになるよ。あとはもう兵隊にでも入るしかない」

「うちじゃあ、末の子が死んだ。食うものがなくて」

「兄貴が兵役にとられてそれっきりさ。親父《おやじ》の畑も荒らされて、村じゅう飢えてる」

口々に言われて、逃げられないのだ、と月羽は悟った。災いとレオンはきっと関係がない。でも、その事実は彼らにとっては意味がないにちがいなかった。

このまま動けなくなるまで暴力を振るわれる。できるならばそのまま殺されたほうがましだと思ったが、そう頼んでも聞き入れられはしないだろう。

死んだ姿を万が一にでも、レオン様が見ないでくれればいいんだけど、と思いながら、月羽は抵抗せずに摑みかかる男たちの手に身体を委ねた。


熱いのに、寒い。

息をするたびに胸の骨が軋《きし》み、突き刺さるように痛みが走って、早く息がとまればいいのに、と月羽は思った。

鉄の門にくくりつけられた両手はすでに感覚がなく、だらりと垂れた下半身も、痛いというより熱いだけだ。なのに寒い。喉はからからに渇き、血のこびりついた唇は腫れ上がっていた。

視線だけ動かして空を見上げれば、垂れ込めた雲の西端のほうが茜色《あかねいろ》に染まり、日が暮れようとしているのがわかった。半日はこうして門にくくりつけられているのか、とぼんやり思い、意外と死ねないものだなあ、とため息をついたとき、灰色の空にひらりと黒い影が見えた気がした。

目を凝らしてみたが、視界が霞んでいるせいか、もう見えなかった。鳥かもしれない。高い山のほうには鷹《たか》が棲んでいるから、血の匂いをさせた月羽を見つけて、餌にちょうどいいと上空から狙《ねら》っている可能性もある。無駄に死ぬよりは鳥の餌になるほうがまだましかなと考えて、月羽は目を閉じた。熱くて寒くて、息が苦しい。

あとどれくらい耐えればいいのだろう、と思ったとき、ぐらりと門が揺れた。誰かが来たのかと月羽は目を開けたが、視界はさっきよりも薄暗くて、なにもかもぼんやりしていた。門はさらに数回揺れて、鳥じゃなくて獣が来たのかなと思うと、身体が落下していくような感じがした。螺旋《らせん》を描いてどこまでも落ちるような感覚に、目眩だろう、と月羽は思った。

その証拠に落ちていくのにどこにもぶつからない。再度まばたいてもなにも見えなくて、諦めて目を閉じると、気が遠くなった。

このまま死ねますように、と願いながらそのまま気を失いかけた月羽は、はるか遠くから声が聞こえた気がして頭を揺らした。

「怪我《けが》がひどすぎるよ」

「打てる手はないということか」

ぴくん、と動かないはずの指が跳ねた。聞こえた声はレオンのものに似ていて、あんなに苦しかったのに、胸が少しだけ軽くなった。

「……だったら、このまま」

「れ、おん、さま」

低く痛ましげな声のするほうに頭をわずかばかり向けて、月羽は呼んだ。聞こえていた声が途切れる。目は開けているはずなのに、やっぱりなにも見えなかった。ただ暗くて、死ぬ間際の幻かもしれないな、と月羽は嬉しくなった。

「レ……、ン……さま」

「月羽。見えてないのか——ここにいるぞ」

さらりと額にかかる髪をかき上げられるように感じ、月羽はまばたきした。見えない。感触もよくわからない。でも触れてもらえたように感じた額は、痛みとは別の痺れであたたかかった。

「さ……わって……もっと、撫で……」

「撫でている。おまえの身体を抱いて、撫でているよ」

そう言われれば身体もほっとぬくもった。錯覚だとしても充分で、月羽は微笑んだ。

「レオン、さまは……どうか、お幸せに……なってください。ご家族だって……きっと……レオンさまが、ずっと寂しいのは……悲しいと、おもうか、らっ、う……」

ひりつく喉に声が引っかかって、月羽は咳き込んだ。月羽、と切羽詰まった声で呼ばれ、濡れた唇がぬぐわれて、月羽はゆるく首を振った。

「ぼくも……できたら、ずっと……お、そばで……レオンさまのしあわせに、なったところを、見ていたかったですけど……でももう、撫でて、いただけたから」

もう真っ暗だった。顔も見られたらよかったのに、と思いながら月羽は、萎えていく力を振り絞った。

「ぼくは――レオン、さまが……」

「月羽」

ごぼっと喉がいやな音を立て、月羽はかくりと仰け反った。せっかく軽くなった胸がまた重い。好き、なんて言おうとしないで、さようならと言えばよかった、と考えると、レオンの手が抱きしめなおしてくれるのがわかった。

唇にあたたかいものが触れてくる。あたたかいものは口の中にも忍び込み、ひりひりしていた粘膜を潤すように舐められて、キスしてもらえている、と月羽は舞い上がりそうになった。なんていい終わり方なんだろう。

応えたかったけれど舌も満足に動かなくて、もどかしく思ううちに口の中にはあたたかい液体が溜まった。唇が離れ、飲みなさい、と頭を支えられて、月羽はほとんど無意識に嚥下《えんか》した。強く甘い薔薇の香りがする。

「もう一度だ。いい子だから」

囁きに続けて再び唇をふさがれた。たっぷり注がれる液体は、今度ははっきりと甘い味がして、ごくり、と喉が動いた。まとわりつくように濃厚なそれが、身体の中を伝い落ちていく。どこか官能的な味わいで、腹まで届くとそこが疼くように脈打った。

「ん……ぅ……あ……」

感覚のなかった手足までざわめいて、やがて溶け出していくように全身がゆるんだ。瞼を上げれば口づけをやめて離れていくレオンの顔がぼんやり見えた気がして、月羽は微笑んで——すとんと落ちるように、気を失った。


穏やかな陽差しを感じたような気がして目を開けると、高い窓からまん丸の月が見えた。大きく見える満月の光は蜜色で、心なしかあたたかいような気がする。

眩しくて目が覚めたんだ、とぼんやり思い、月羽は腕を持ち上げた。目を覆おうとして、視界の端からにょきっと生えた顔に目を瞠る。

「ああっ、目が開いてる！」

うるさい声をあげたその顔は、もじゃもじゃの毛が生えていた。人ではない。尖った耳に尖った鼻先、ぴんと横に伸びたひげ、大きな口から覗くのは赤い舌と白い牙だ。

「……おおかみ？」

「ライカンです。この前はごめんなさい。今レオン様呼んでくるから」

「え？」

どうしてライカンがレオン様を、と疑問に思うあいだに、狼はぱっといなくなってしまった。身体を起こすと、そこは見慣れたレオンの屋敷の月羽の部屋で、月羽は戸惑った。

記憶が混乱している。レオンに買われて城に来たのはよく覚えているけれど、あれから随分経っているはずだ。勉強させてもらったり、街に連れていってもらったり、よくしていただいたけれどあのあとレオンは妻を新しく娶ることになって、月羽は用済みになって、ライカンに襲われて、屋敷を出ようとして、そう、九天楼に戻って——。

そこまで考えるとぞくりと寒気がして、全身を襲った痛みを思い出した。でも、まるでその記憶が悪い夢だったかのように、どこも痛くはなく、そっと動かしてみれば、手も腕もちゃんと上がる。

持ち上げた腕からさらりと白金の髪が流れ落ち、月羽はもう一度びっくりした。いつのまにこんなに髪が伸びたんだろう。確かめてみると腰くらいまでありそうで、月羽はベッドを下りた。歩いても痛くない。裸足で絨毯を踏み、壁にある鏡の前に立つと、白い寝巻きをまとって見返してきたのは、見慣れない自分だった。

月羽自身だとわかるが、もっとずっと大人びて見える。美しく輝く髪は予想どおり腰まで伸びて、透きとおるような肌を彩っていた。やわらかくけぶるような金色の瞳が、不思議そうに見つめ返してきて、まるでよく似た他人がそこにいるかのようだった。

と、扉がひらいた。振り返ると見たこともない焦った表情を浮かべて入ってきたのはレオンで、どきん、と心臓が跳ねる。足元には銀色の猫と、さきほどのライカンもいた。

「月羽！　よかった」

「――レオン様」

強く抱きすくめられてさらにどきりとし、瞬間的に逃げようとした月羽は、かき回すように後頭部を撫でられて、くたっと力が抜けてしまった。

「レオン、様……」

「なかなか目覚めないから、失敗に終わったかと心配していた。おまえはクドルクになりたがってはいなかったから」

「え……？」

「すまない。ほかの方法がなくて……どうしてもおまえを、あのまま死なせたくなかった」

月羽の目を覗き込み、レオンは頬を包み込むように撫でた。いつにないはっきりとした触れあいに胸が高鳴って、月羽はぼうっとした。

（レオン様……）

力の入らない足元がふらつき、レオンにもたれかかってしまった月羽は、抱きとめられて息をとめた。急に鮮明に思い出したのは、街で押しのけられたときのひやりとした心地だった。

そうだ。どうしてかまたこの屋敷に戻っているけれど、自分はもう用済みになったはずだ。月羽はもがいて身体を離そうとした。

「すみません……失礼な真似を」

「寄りかかりたいならそうしなさい。遠慮しなくていい」

「そういうわけにはいきません」

「クドルクになったとはいえ、瀕死《ひんし》の怪我だったし、ふた月も寝たきりだったのだからな。無理はよくない」

優しいが強い力で抱き寄せられて、月羽はいたたまれずにさらに逃げようとして、はっとして顔を上げた。

「クドルクに、って……どういうことですか?」

「月羽も私と同じ仲間になったということだ。まだ実感はないだろうが……覚えてはいないか?　私の血を飲んだことを」

「レオン様の……」

「目も見えていないようだったから、忘れてしまったかもしれないが、飲んだんだ。九天楼のあの教会で、月羽はぼろぼろになるまで痛めつけられて、門に掲げられていた」

レオンは月羽をまっすぐに見つめ、唇を指先で撫でてくる。まるで慈しむような撫で方にぴくりと震えてしまい、月羽は赤くなって目を伏せた。

「九天楼に行ったのは覚えています」

娼館の人に怒られて、折檻《せっかん》されて、もう一度生贄になるようにと言われたのも覚えている。でもその先の記憶は曖昧だった。それでも、幾度も唇を撫でられると、喉を伝った甘い味とあたたかな感覚が蘇って、ため息が零れた。

「すごくあたたかくて……薔薇の香りがして、甘い味がしたのも覚えてます。……あれが、レオン様の、血」

目の高さまで手を持ち上げて眺めてみても、人間のときとの違いは感じられない。けれど、すっかり伸びた髪や大人びた顔は、クドルクになったせいだと言われたら、納得できる気がした。

「じゃあ、僕は、クドルクにしていただいたんですね。レオン様に」

「――そうだ。たった数か月の、あんなささやかな幸福しか知らないおまえを死なせられなかったんだ。いやになったら私に言えばいい。責任は取る」

どこか苦しげに、真剣な声で言われ、月羽はゆるゆると首を振った。

「責任だなんて……嬉しいです」

漆黒の瞳を見つめ返すと、きりきりと悲しみが襲ってくる。クドルクになったということは、自分で胸に杭を打つ日まで、一人きりで耐えなければならない、ということだ。おそらくは、レオンから遠く離れて。

「わざわざ助けてくださって、ありがとうございます。身体はおかげさまで、もうなんともありませんから、すぐにおいとまいたしますけど……どうやってご恩をお返しすればよいでしょうか」

なんでもします、と言いながら目を伏せると、レオンがため息をついた。

「勘違いをしているな。恩返しなど不要だ」

「……じゃあ」

それもいやなほど月羽が目障りなのか、と思うとずきりと胸が痛み、月羽はそっとレオンの胸を押した。

「では、すぐにおいとまを」

「出ていく必要はない。ここにいてくれ」

するりと長い髪を撫でられて、月羽は数秒黙り込み、それから顔を上げた。もしかして、と期待にどきどきしてしまい、そんな自分を叱咤する。

「お屋敷に……おいていただけるんですか」

「そうだ」

こわごわ問えばあっけなく頷かれて、月羽は舞い上がりそうな気持ちになって、急いで再び目を伏せた。ここでいい気になってはいけない。

「ありがとうございます。家事ならなんでもこなせますから、一生懸命働きますね。——新しい奥様のお邪魔にはならないようにします」

一度は失望させてしまった身だ。ここにいてもいい、と言われて抱きしめられるだけで充分だった。これからは使用人として精いっぱい役に立てるようにしよう、と思いながら微むと、レオンは苦い表情でため息をつく。

「新しい妻はいない。おまえだけだ」

「僕?」

月羽は首をかしげた。「でも僕は、男ですし、かりそめの妻というお約束でしたし……それに、レオン様はほかの方を奥様にされる決心をされて……新しい方が紹介されることになっていましたよね?」

「そうだ。でもそれはもう、すべて終わりにした」

「終わり?」

「やりなおしたいのだ。だから、改めて申し込ませてほしい」

レオンは月羽の腰に片手を回し、片手で月羽の手を取った。指に傷がないのを確かめるようにそっと撫でられ、震えた手の甲に唇があてられる。

「私と、結婚してくれ」

「……レオン様」

半ば呆然とレオンを見つめた月羽は、遅れて熱いものがこみ上げてくるのを感じた。

「嘘……そんな、だって」

「私は嘘は言わないことにしている。王だからな」

レオンは真実愛する者にするように、身を寄せ、まっすぐに月羽の瞳を見つめている。

「おまえをクドルクにしたのは私のエゴだ。かりそめの花嫁のはずだった月羽を、途中から愛しく思うようになって、これではいけないと戒めてきたが——最後の最後で、おまえを手放してはやれなかった。その罪を、私は認めようと思う。おまえを愛さずにはいられぬ罪を」

真摯で奥底に悲しみを秘めた眼差しは、レオンの心そのままなのだろう。彼は失ってしまった家族を愛していて、失った自分を許すことは、きっと生涯ないのだ。

「月羽。おまえを、愛しているんだ」

「——それが罪だったら、僕も同罪です」

預けた手でそっとレオンの手を握って、月羽は言った。

「僕はレオン様のお役に立てれば、必要としていただければそれで幸せです。だから、妻にと望まれるなら妻になります。でも、僕がいやになったり、飽きたりしたら、殺してくださいね」

「そんなことにはならない」

「レオン様が、元の奥様を一番愛していらっしゃるのはわかっています。そのお気持ちとのあいだでつらい思いをすることがあったら、すぐに僕を捨ててくださってかまいません」

真剣に言ったのに、レオンは怪訝そうに首をかしげた。

「待て。元の妻？　なんの話だ」

「なんの話って……レオン様のご家族のことですよ。書斎で絵を見つけて……愛する方はみんな亡くなったって言ってらしたの、この方たちなんだなって。――あ、絵を見つけてしまったこと、謝ってませんでしたっけ。すみません」

「いや、それはかまわぬが――絵か」

おかしそうに、レオンが笑い声を立てた。

「本棚の奥にしまった、端の焦げた絵だろう。あれならばたしかに私の家族だが、描かれているのは私と、私の両親だ」

「レオン様と……ご両親？　だって男の人はレオン様にそっくりで、女の人は赤ちゃんを……あ」

今度は月羽のほうが首を傾げてしまってから、はっと気づいた。レオンは笑って「そうだ」と月羽の髪を梳いた。

「その赤ん坊が私だ。抱いているのが母で、横に立っているのが父親だな。長男の私が生まれた記念に画家に描かせたあの絵だけが、戦火から燃え残ってな。捨ててしまってもよかったが、想い出せば悔しさが蘇るから、戒めのために取ってある。――そんなわけで、私は正真正銘、妻がいたことのない独身だ。願わくは、それも今日が最後だと信じたいが」

悪戯っぽく囁いたレオンの瞳は、いつになく明るく見えた。髪が梳かれ、耳元に触れられて、震えてしまえばそっと顎が持ち上げられる。

「これから改めて、妻となる人を迎えたいと思うが――月羽がすべてに飽いて疲れ果ててしまうまで、妻として私の傍にいてくれるか」

「レオン、様――」

「私が望むからとか、そういうことは考えなくていい。私はおまえの気持ちが聞きたいのだ。おまえ自身が、なにを望むかを。月羽は……私の妻になりたいと望むか？」

レオンの深く響く声は月羽の胸で波紋を生んで、全身に広がっていく。

願いを口にしてもいいだなんて、考えたこともなかった。

「はい……心から。心から、僕はレオン様のお傍に、ずっといたいです」

嬉しくてたまらないのに、まるで悲しいときのように声がかすれた。目が潤み、つうっと涙が頬を伝って、レオンが苦笑してぬぐってくれる。

「私の花嫁はまだ泣けるのだな。初々《ういうい》しくて……とても美しい」

唇も撫でられて、目を伏せると口づけられた。自然とひらいて受け入れてしまう月羽の唇を、レオンの唇が吸って、舌がくすぐって口の中に差し込まれてくる。ねっとりと熱い舌同士が絡みあい、敏感な上顎を舐められて、月羽はため息をついた。

「とても……甘いです」

「クドルク同士だからな。月羽も甘い」

「んっ……ふ、んん……っ」

ぴったりと身体を沿わせて二度目の口づけを受け、心地よく感じる快感に月羽は力を抜きかけた。

「あのぅ」

困りきった声が遠慮がちに割り込んで、月羽ははっとした。見ればさっきの狼が、レオンの後ろのほうで耳を下げておすわりしている。シルヴァは、といえば、とっくにいなくなっていた。

「イザーク様がお待ちなんですけど……帰ってもらったほうがいいですよね?」

「ああ、忘れていた」

レオンは振り返って狼を見て、頷いた。

「今夜は手が離せぬ。明日また改めてと伝えてくれ。おまえももう下がっていい」

「はぁい……」

残念そうな返事をして、狼は部屋を出ていく。

「あの狼さん、ライカンなんですよね」

「そうだ。おまえを襲った群れの、背中に傷をつけた一頭だ」

そこだけ腹立たしそうにレオンは顔をしかめた。「だが、月羽に詫びたいと言って一匹で来て、一生仕えてもいいと言うから、月羽が許せば使い魔になるのを認めてやると言ったんだ」

「僕に、使い魔？」

「クドルクだからな。……やり方はあとで教える。今は邪魔をされたくない」

指の背で月羽の顔を撫で、レオンは月羽を抱き上げた。ベッドまで運ばれて、そのまま二人して倒れるように寝転ぶと、のしかかられる重みに息が上がる。

「レオン様……ぅんっ……ふ……は、ぁっ」

「ふた月も目覚めなかったから、今日は無理できないが、これが本当の私と月羽の初夜だ」

「僕、そんなに寝ていたんですね」

「ああ。この辺りも短い夏の真っ最中だ。クドルクには苦手な時期だが――これからは毎年いい気分で迎えられそうだ」

「ふっ……ん、んんっ……」

やわらかくついばまれ、寝巻きを裾からたくし上げられて、月羽はおずおずと腕を上げた。

熱心に口づけてくれるレオンの首筋に、初めて腕を回す。そうするときゅんとせつない充実感が胸を満たして、月羽は夢中でレオンの舌に吸いついた。

「んむっ……ぅ、ふぅっ……は、」

「上手になったな。牙も伸びている」

半びらきの唇を、レオンが指先でめくり上げる。月羽はとろりと目を細めて、牙を撫でられる感触を受け入れた。レオンはそのまま指で月羽の舌を揉み、上顎まで愛撫してくる。

「ん、とても……、きもち、い、れす……」

たらたらとよだれを零しながら喘ぐと、レオンは自分の服のボタンを外した。石のように白いが鋼のような印象の、引き締まった肉体が露わになり、月羽はごくりと喉を鳴らしてしまった。なめらかでしっかりとした首筋から目が離せない。

「少し吸ってごらん。ここを咬んで」

「あっ……でも、」

「血を飲みあうのも夫婦ならば当然だ。遠慮はいらない」

首筋を差し出され、月羽は小さく口を開けて顔を寄せた。薔薇に似た、けれどもっと本能に訴えかける、芳醇な匂いがする。自然と唇が持ち上がり、月羽はかぷりと咬みついた。

牙が肌に埋まり、またたくまに口の中に甘い液体が広がってくる。

「んーっ……んく、……ん、くぅ、んっ」

ぞくぞくするほどおいしくて、月羽は夢中で飲んだ。うまく息がつげずに口を離してしまうと、一筋レオンの首に血が伝って、舌を伸ばしてそれを舐め取る。

「おいしい……すごく」

「それはよかった。うっとりした顔になったな……私もいい気分だ」

レオンは優しく月羽の頭を撫でてくれ、懐かしくさえあるその感触に月羽はぼうっとなった。

「また……撫でてもらえて、嬉しいです」

「――私もだ。月羽が喜ぶから、いつだってこうやって、気のすむまで撫でてやりたいと思っていた。誰も愛さないと決めたはずなのに……月羽はどうしようもなく愛らしいから」

「あ、愛らしいなんて、言われたことないです」

「今までの男は見る目がなかったのだ。こんなにも美しくて可憐なのに」

衒《てら》いもなく褒めながら、レオンは月羽の首筋に顔を埋めた。確かめるように鼻先で耳をくすぐられ、月羽は恥ずかしさに赤くなった。

「レオン様……前は、そんなことおっしゃらなかったのに」

「愛してはいけないと戒めていたからだ。でも、もう遠慮はいらないだろう？　大切な、愛しい妻を心から讃え慈しむのは、夫として当然だ。この……桃色になった耳も可愛らしい」

「……っあ、あ、」

ちゅ、と耳朶を吸われ、優しく噛まれて胸が震えた。大きく息をつくと、上下する胸にも指が這わされる。

「この宝石は、取れなかったな」

「……お気に召しませんか？」

「男娼の証だと言われれば悲しいが、色はおまえによく似合っている。――そのうち、おまえを飾る宝石もそろえねば」

「そんな、要りません。僕、……あ、あッ」

きゅうっ、と乳首をつまみ上げられて、月羽はレオンを抱きしめて身をくねらせた。

「あっ……胸が、じんじんしますっ……」

「すっかり尖って、薔薇の芽のようだな。これだけ可愛らしい身体なのだから、せめて結婚式のときは飾らせてくれ。いいね？」

「あぁっ、はい、わかりましたから、あーっ……は、あぁっ……ん、」

やんわり押し潰されるのは強烈な快感だった。続けて優しく転がされ、下腹部に響く刺激で声が上擦ってしまう。鼻にかかった嬌声が恥ずかしくて、唇を噛みしめると、レオンは耳の裏に口づけた。

「もう人ではないから、堕ちる心配はない。我慢しなくていいんだ。感じるまま、思いきり乱れてごらん」

「ふぁっ……で、でも、あ、んッ」

「乳首をこうして捏ねると腰が動く。上手にできているから、もっと振ってみせるんだ。私にも、おまえが感じているのがよくわかるように」

「あ……はぁっん、だめ、あんまりした、ら、ぁアっ」

きゅっきゅっ、と強めに乳首を引っぱられると、レオンに言われたとおりに腰が浮き、まるでこすりつけるように動いた。下着の中で大きくなった性器がびっしょり濡れている。

「濡れてっ……濡れちゃい、ます……っ」

「たくさん濡らすといい。強く感じれば蜜がとまらなくなるから、そうなるまで濡れなさい」

「や、あ、こわいっ……あ、レオンさま、ぁ……っ」

先触れの汁がとまらなくなるなんて、壊れているのと同じだ。怖くてかぶりを振ったのに、レオンは手を休めずに乳首を捏ね回し、首筋にはぴたりと牙をあてた。

「ひ、ぅ……っア、あーっ……!」

ずぶりと咬まれ、血が溢れ出す感触に、視界が桃色に染まった。びくびくと身体が跳ね、月羽は腰をレオンに押しつけたまま射精した。

「ひぁあっ……は、ぁ……っ、は、あ、ン」

「蕩けた顔で達くのだな。——可愛らしい。胸はまた、私のものを下の口に受け入れたら愛してあげよう」

大きく胸を喘がせる月羽を見下ろして、レオンは満足そうに笑った。そうして月羽の下着を丁寧に脱がせると、脚を摑み、左右に割り広げて股間を露わにする。

くったりと力を失った性器や、びっしょり濡れた下腹部、期待にひくつく窄まりまでをじっくりと眺められ、萎えたままの先端からはつうっと雫がしたたった。

「あぁ……本当に、出ちゃう……っ」

「そうだな。とろとろとよく溢れてくる。我々はこれでつながるのだから、零すほどよい」

レオンは目を細めて月羽の性器を眺め、指で蜜を掬い取った。たっぷり濡れたその指が、窄まりを揉みほぐしてほころばせ、また蜜をからめとって挿入される。

「は……ぁ、ん……っ、ア、ぁ……」

「中にも、たくさん感じるポイントがあるのがわかるか？　この縁の、すぐ内側もそうだ」

「アッ、や、ン、あぁっ」

ぐるりと内側の浅い部分を撫で回されて、ぎゅうっと内部が収縮した。よく締まる、とレオンが微笑して、一度指を抜き、再び濡らして今度は二本を埋め込んだ。

「はぁっ……あ、ぅ、……あ、ふぅっ……」

「今度はもっと奥……ほら、この襞の部分だ」

「ッ、あーっ……そ、こは、ああっん、やぁっ……！」

押されるとじゅくん、と疼くように感じる場所が二本の指で揉まれて、月羽は逃れようと腰をくねらせた。レオンはその痴態を満足げに見つめ、休みなく襞をこすってくる。

「あぁっ、だめ、また、い、いきますっ……」

訴え終わるより早く、薄くなった精液が勢いよく飛び散った。びゅ、びゅ、と二度噴き出し、なおも襞を弄られて、射精感が消えないまままた達してしまう。

「あぅ……っ、い、いった、のにまたっ……またいっちゃ、あッ」

「中しか弄っていないのに、達きやすい身体なのだな。もっと奥にも気持ちのいい場所があるはずだが……そこは私のものでないと届かないか」

そう言うと、レオンは三本目を捻るように入れた。挿入した指が広げられ、くぽっ、と音をさせて月羽の孔が大きく口を開ける。

「ふぁ……や、いやぁっ……」

「うん？　こうして広げたり閉じたりさせられるのは、好きではないか？」

「いや、やですっ……はずか、しいっ」

「なにも恥ずかしくはないぞ。健気で、とてもいじましい孔だ。──私のものを、今日はすべておさめたいからな。こうして広げても、痛まないか？」

「あっ、あっ、い、たくないです、ないから、あぁっ」

くぱくぱと何度も広げられるのは奇妙な感覚だった。あるべきものを喪失したような、すうすうした心許《こころもと》なさに、月羽は求めるように腰を突き出した。

「入れてっ……レオンさまの、で、中、うめてくださいっ……」

「では、そうしよう」

レオンはやっと孔を弄ぶのをやめた。かわりに自身の服を脱ぎ去って、硬く屹立《きつりつ》したものを月羽の性器の添わせるようにこすりつけた。

「ふっ……、あ……あぁ……」

早く欲しかった。丁寧にこすりつけられるのも気持ちがいいけれど、入れてほしい。もどかしく身を捩ると、すっかり蜜で濡れたレオンのそれがあてがわれた。

ぬぷっ……と沈み込む動きはなめらかだった。みっしりとした質感が月羽の肉襞をかきわけて、拡張し、こまかな襞を巻き込むように奥へと進む。

「くぅっ……は、あっ、ぅうっ、は、……あっ」

わずかな鈍痛をともない押し広げられていくのは、甘苦しい喜びだった。引いては入れ、引いては入れを繰り返して馴染《なじ》ませながら征服され、とん、と奥壁を突き上げられると、ぐずぐずに身体が溶け出すように思えた。

「はぁっ……ふ、きもち、い、アッ、……は、ぁっ……」

「この奥が気持ちいいか？　だが、まだ全部は入っていないぞ。少し……堪えてくれ」

色めいた眼差しで月羽を見つめ、レオンは唇を舐めた。月羽は片脚を抱え上げられ、ひくひくと筒が締まってしまうのを感じた。

拒むように締まった奥を、レオンの切っ先が抉じ開けるように強く穿つ。

「――あ、あぁ――っ！」

感じたことのない深い場所で熱が弾けた。狭い、やわらかくて誰にも占領されたことのない内部に、レオンの雄々しい先端が埋まっている。

「あんっ……あ、つぃ……あ、とけちゃ……っアぁッ」

「私も溶けそうだ。月羽の中は……まるでマシュマロだな。弾力があってやわらかく、それでいて蕩ける」

わずかに息を弾ませたレオンが、器用に身体を倒して月羽を抱きしめた。胸を撫でさすられ、耳朶をたっぷりと舐められて、月羽はきゅうきゅうと引きしぼられるような、初めての悦楽に身悶えた。

「おまえは知らないだろうな。自らを戒めていても、何度、おまえをこうやって愛したいと考えたか」

「あ、そんなぁっ……は、ああ、きちゃう……と、んじゃう……ッ」

大きな波が襲ってきて、ばらばらに砕けて舞い上がりそうな、怖いほどの快感だった。レオンの硬い先端で奥を突かれるたび、昇りつめたことのない頂《いただ》きへと、追い上げられていく。

「月羽――愛している」

低く甘く囁かれ、月羽は泣きじゃくりながらレオンにしがみついた。

「あっ、いくっ……レオ、ンさま、レ……ン、さまぁっ」

「大丈夫だ。私がついているから、そのまま達っていい」

「―――っ！」

ぐっ、ぐっ、と押しつけられ、さらに奥まで占領されるような強い圧迫感に、息ができなくなった。空中に放り出されたように感覚が失せ、月羽は射精しないまま達した。

波は繰り返しやってきた。レオンが低く唸り声をあげ、ぐっしょりと中が濡らされると、達したその先でさらに達し、ふわふわと意識が酩酊する。焦点があわないまま絶え絶えに喘ぐ月羽を、レオンはおさめたまま抱きしめた。

「……ッ、ぁ、はぁっ……、――っ」

「無理はさせたくないが、今日はあと二度は、こうして飲んでもらうぞ。私の、たった一人の花嫁なのだからな。愛しい愛しい、大切な花嫁だ」

愛の言葉とともに熱っぽく唇を吸われて、月羽はゆらゆらした意識のままでレオンを抱きしめ返した。遮るものはなにもなく、触れあう素肌が喜びを煽る。

「無理じゃありません……ぜんぶ、そそいでください。ぜんぶ……レオンさまの、ものにして」

うわごとのようにねだって、月羽はため息とともに、ずっと秘めていた言葉を唇に乗せた。

「レオン様が、好きです」

＊　＊　＊

「月羽様月羽様。お酒、もっと飲みます？」

今日は人のかたちになったライカンの青年は、マルクといった。明るい麦わら色の髪と灰色の瞳の持ち主で、童顔でちょこまかとよく動くので、狼というよりまだ若い犬みたいだった。月羽はくすくす笑って首を振った。

「大丈夫です。マルクは、イザーク様にお酒を差し上げてきて」

「はい月羽様！」

人型のときはないはずの尻尾を振り回しているのが見えそうな表情で、マルクがイザークのところに寄っていく。月羽を襲ったライカンの中で一番若い彼は、月羽を押さえつけようとしただけだったのに、うっかり傷をつけてしまって、レオンには宙吊りにされて、きっと死ぬんだとしょげていたらしい。その立場を救ってくれたのが月羽の言葉だと知って、使い魔になろうとやってきたのに、肝心の月羽は傷を負って帰ってきた挙句、二か月も目覚めなかった。まだ正式ではないが、やっと使い魔らしく用事を言いつけてもらえるのが、マルクには嬉しくて仕方がないようだった。

イザークの隣にはレオンがいて、二人は穏やかになにか話している。

「僕、犬って大嫌い。うるさいしガサツだし、臭いし馬鹿だし」

つんとした声がかかって、月羽は振り向いた。窓からそそぐやわらかい月光を受けたジェイドは、月羽と目があうと拗《す》ねたように視線を逸らした。

「おまえのことは好きじゃないけど、目が覚めたのはよかった。——レオンが、ずっと心配していたから」

グラスを満たす酒を飲み干して、ジェイドはため息をつく。

「月羽も、もうクドルクだもんね。……正式に求婚されたんだって？」

「はい……昨日の、夜に」

月羽は頷いて、甘美な時間を思い出して頬を染めた。あと二回、とレオンは言ったけれど、結局、夜が明けてしまうまで、彼は月羽の中を激しく愛してくれた。半日が過ぎても、腰はまだだるかったが、そのだるささえ月羽を夢見心地にしてくれる。

そんな月羽を一瞥して、ジェイドはもう一度ため息をついた。

「こうなる気がしてたから、いやだったんだ」

「こうなるって？」

「レオンが本気で月羽を好きになって、本当に結婚してしまうんじゃないかって、怖かった。だって、儀式の契りが終わったすぐあとから……レオンは、少し違っていたもの」

「そう……だったでしょうか」

大勢のクドルクに性交を観察される八日間の直後は、まだまだレオンは冷たかった気がする。けれどジェイドは悔しそうに「そうだよ」と頷いた。

「僕にはわかったんだ。ずっと傍でレオンを見てきたから」

「――」

「最初はね。レオンがおまえを連れてきたとき、一瞬、よかった、って思ったんだ。いかにも王妃にふさわしい、美麗なクドルクの女性じゃなくて、痩せっぽちのおどおどした人間の男だったから。これなら僕がずっとレオンの傍にいても、『あっちは正妻、こっちはただの弟扱いだ』とかみじめに思わなくてすみそうだなって。……僕は、汚いね」

やるせないように呟くジェイドは寂しげだった。月羽は自分の気持ちが報われないと信じていたころの寂しさを思い出して、そっと胸を押さえた。この胸の奥があたたかく潤い、満たされているのは、とても幸運な――恵まれたことなのだと思う。

「レオン様は、ジェイド様のこと、とても大切にしていらっしゃると思います。僕には仲良くしていた友人もいないし、家族にも……必要だとは思われていなかったでしょうから、わかりませんけれど、レオン様はいろんなこと、ジェイド様に頼むじゃないですか」

「そりゃ、月羽に比べればいろいろできるからね」

おもしろくなさそうにジェイドが肩を竦め、空になったグラスを唇に押しつけてレオンを見遣《みや》った。

「今でも本音では、どうして月羽なのって思うけど。レオンの、あんなに幸せそうな顔を見たら……諦めるしかないじゃない」

月羽もレオンを見つめた。彼もふっとこちらを見て、視線が絡むと微笑むように目が細められて、光が飛び散るように眩しい気持ちになった。ぼうっとしてしまいそうになり、あわてて視線を逸らすと、ジェイドが呟いた。

「僕も、また誰かを愛せるんだろうか」

「──きっと。誰だって幸福になれると思います。僕みたいな人間だって、こんなに幸せなんですから」

いつになく心細そうなジェイドの声に、月羽がしっかり頷くと、ジェイドがきゅっと顔をしかめてから、「ごめんね」と言った。

「痛いことして」

「──もう忘れました」

にっこりした月羽の横から、にょきっ、とマルクが顔を出した。

「ジェイド様も、お酒いかがですか！」

「ちょっ……近寄らないでよ、汚いなあ。犬くさいからあっち行けったら。あとうるさいよ！」

「でもグラス空っぽですから。入れます！」

「いらないってば！　自分でやるから来ないで！」

ジェイドは本気で怯えたような顔をして後じさって、犬も狼も可愛いのに、と月羽はおかしくなった。マルクの手から瓶を受け取り、彼のかわりにジェイドのグラスに酒を注ぐと、背後からやわらかく明るい音が流れてきた。

レコードが紡ぐ音楽は、いつか書斎からもれ聞こえたのと同じものだった。さらさらとした音がいくつも波紋のように重なる、甘やかで静かな曲。

「おいで、月羽」

レオンが立ち上がって、月羽を手招く。月羽が近づくと腰を抱かれて、力強くリードされて自然と足がステップを踏んだ。

イザークとマルクが並んで拍手してくれ、二人から離れた場所ではジェイドとシルヴァが、それぞれ穏やかな表情で見つめていた。全員が人間には恐れられる夜の生き物だけれど、ここは月の光に溢れた、平和で愛おしい空間だった。

「月羽の微笑んでいる顔を見ると、私まで嬉しくなるな。可憐で、可愛らしくて、とても美しい」

レオンは深い優しさに満ちた目で、月羽を見下ろしてくる。月羽は照れてかすかに唇を尖らせた。

「レオン様、そんなに褒めないでください。恥ずかしいです」

「なにも恥ずかしくないだろう。私は本当のことを言っているだけだ。月羽には今までつらかった分、誰よりも幸せになってほしいし、心ゆくまで甘えてほしいと思っているが、月羽を褒めて可愛がるのは私の無上の喜びだから、慣れてもらわなくては」

「……レオン様ってば」

真面目な顔で言われるといっそう恥ずかしい。赤くなった月羽に、レオンは「その顔も愛らしいな」と囁いてくる。

「愛しているよ月羽。心から愛せる花嫁と踊る日が来るとは考えもしなかったが、とてもいい気分だ」

「──はい、僕も、嬉しいです」

レオンも喜んでいると思うと、恥ずかしいのも嬉しいような気がしてくる。どこか誇らしい気持ちになりながら、月羽は訊いてみた。

「これは、なんていう曲なんですか?」

「『月の光』というタイトルだ。……月羽にぴったりだろう?」

微笑んで、レオンはダンスに紛れて耳に口づけてくる。「おまえを拒んだときから、聴いているのはこの曲ばかりだ。音楽などもう興味が失せたと思っていたのに、おまえのようだと思えば何度でも聴けた。だが」

「……でも？」

「本物のほうが、ずっとよい。ちゃんと幸せな気分で過ごしてくれているか？」

「もちろんです、レオン様」

月の光を描いた音も、窓から注ぐ月の光も、とても綺麗だった。苦手だった夜が、今は好きだ。月羽を抱いてくれる腕があるから、寂しさはもう、昼にも夜にもありはしない。

隔てるものも邪魔するものもなく、レオンに寄り添って身体を揺らしながら、月羽はため息とともに心から言った。

「僕は、世界で一番幸せな花嫁です」

あとがき

こんにちは、シャレード文庫さんでは初めましてになります、葵居ゆゆと申します。私の本としては十四冊めになりました。

昔から人間ではない生き物と人間の組み合わせがたまらなく好きでして、今回は念願の吸血鬼ネタです。コミカルにもロマンティックにも描ける題材ですが、ずっと思い描いていたのはロマンティック路線だったので、せっかくだからと花嫁要素も追加した結果、こんなお話になりました。薔薇もたっぷり散りばめて、エッチも吸血鬼ものらしい雰囲気で、ビジュアル重視で綺麗で豪華な感じに……と思いながら書いたので、映画を見ているみたいな気分になっていただけたら嬉しいです。

毎度あとがきが面白くないと私の中で定評のある私なのですが、ここまで八行書いて本当につまらないなと再認識していますが、読んでいる人ももう飽きてませんか。こんなあとがきより二人の甘い後日談が短く入ってるほうがよかったわとか思っていませんか。正直私は思っています。あとがきは苦手ですがＳＳを書くのは大好きです。

だから、というわけではありませんが、最近は新刊毎におまけＳＳをブログに載せています。今回も掲載しますので、あとがきよりＳＳ派の人も、普段はあとがきが好きなせいでがっかりした人も、どうぞ読んでやってください。http://aoiyuyu.jugem.jp/

あとがきから読む派の人は本文が不安になっている頃だと思いますが、大丈夫です、本文には日野ガラス先生のイラストがついています！　好きな方とご一緒できて光栄です。健気だけれどずれたところもある月羽の無垢な感じも、誠実で高貴だけどちょっと不器用なレオンも、美麗に繊細に描いていただきました。日野先生、本当にありがとうございました！

刊行にあたって今回もたくさんの方にお世話になりました。編集さん、校正者さん、書店の皆様、この場を借りてお礼申し上げます。ありがとうございました。

そして、たまたまお手に取ってくださった皆様、ありがたくもいつも読んでくださっている皆様にも、心よりお礼申し上げます。本書でほんのひとときでも、どきどきしたりにんまりしたり、楽しい時間を過ごしていただければ幸いです。

葵居ゆゆ

本作品は書き下ろしです

葵居ゆゆ先生、日野ガラス先生へのお便り、
本作品に関するご意見、ご感想などは
〒101-8405
東京都千代田区三崎町2-18-11
二見書房　シャレード文庫
「九天楼の買われた花嫁」係まで。

CHARADE BUNKO

九《きゅう》天《てん》楼《ろう》の買《か》われた花《はな》嫁《よめ》

【著者】葵居《あおい》ゆゆ

【発行所】株式会社二見書房
東京都千代田区三崎町2-18-11
電話　03(3515)2311[営業]
　　　03(3515)2314[編集]
振替　00170-4-2639
【印刷】株式会社 堀内印刷所
【製本】株式会社 村上製本所

落丁・乱丁本はお取り替えいたします。
定価は、カバーに表示してあります。

ISBN978-4-576-16096-2

http://charade.futami.co.jp/

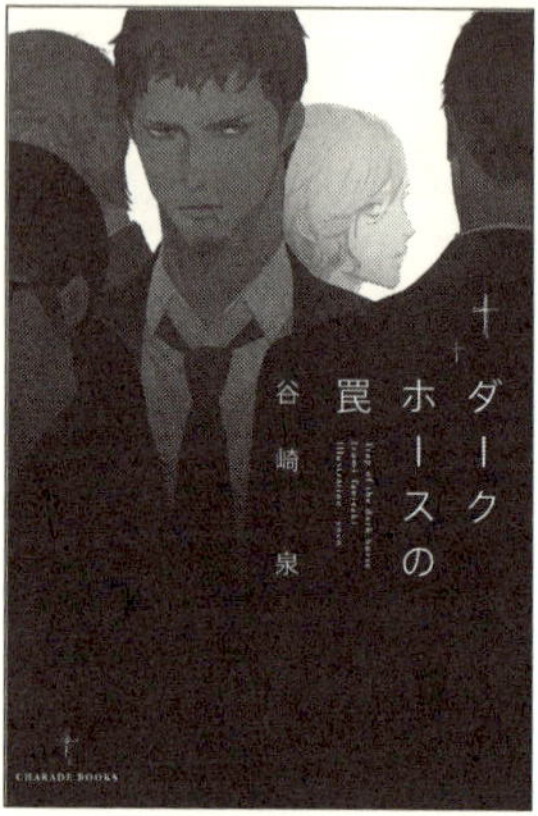

四六判

ダークホースの罠

谷崎 泉 イラスト yoco

刑事の胡桃は父の葬儀のため長く離れていた故郷・長野を訪れる。異母姉の沙也香が苦手な胡桃は逃げるように実家を後にするが、その途中、記憶喪失の自殺志願者、しかも超絶美形の外国人の男と遭遇してしまう。捜査に一刻も早く駆けつけたい胡桃はカミルと名乗る男をどうすることもできないまま東京へ戻るが…。「ベネディクトを捜さなければ」カミルの謎の固い意志に振り回され、ついには想像もしなかった快楽を味わわされることに…。常識では考えられない能力を持つカミル、彼は現代に蘇った――ヴァンパイア!?

CHARADE BUNKO

スタイリッシュ&スウィートな男たちの恋満載

火崎 勇の本

お父さん、これは男の花嫁修業です

恋と主と花嫁修業

イラスト＝北沢きょう

一族を守る掛け軸の「猫」に選ばれ、本家当主・巴の花嫁になった群真。Hをすると猫耳・尻尾が生えてしまう苦難や使命を乗り越え、今は遠距離恋愛を満喫中。春から昼は巴の秘書、夜は花嫁の甘い新婚生活がスタート…の予定だったけれど、知らないことだらけの秘書&花嫁修業は前途多難で——!?

CHARADE BUNKO

スタイリッシュ&スウィートな男たちの恋満載

宮本れんの本

聖液は身を清めてくださいます

煉獄の黒薔薇

イラスト＝ジキル

司祭の儀式失敗により悪魔ガルバスの召還者となってしまった修道士のルカ。望みを言えばガルバスは去る。しかしある秘密を抱えたルカはおよそ人間らしい感情の機微を持ち合わせていなかった。卑俗な司祭を盲信するルカに言い知れぬ苛立ちに囚われたガルバスは、身体の一部を代償に禁じ手を使う――。背徳の淫愛！